新 潮 文 庫

成功は時間が10割

百田尚樹著

新 潮 社 版

11633

目次

成功は時間が10割

はじめに

「人生の成功」とは何でしょう。

金？　地位？　権力？　名声？　愛？　幸福な家族？――もちろん、人によって成功の証《あかし》や象徴となるものは皆違います。ただ私に言わせれば、「人生の成功者」とはすべて「時間」を征服した者です。

「時間の征服者」とは何か？　それは「充実した時を得た者」です。

時間というものは実に不思議なもので、伸縮自在の存在です。同じ時間であっても、ある者には一瞬であり、ある者には永遠にもなります。そして時間は人間社会のあるものに変換可能な「もの」なのです。前述した「金」も「地位」も「権力」も「名声」も「愛」も「幸福な家族」も、実はすべて時間が変換されたものです。

その時間を征服するとはどういうことなのか。いきなりそう言われても、読者の皆様にはすぐには理解できないことでしょう。私自身、これを発見した時は、あまりにも現実離れした概念に、その事実を素直に認めることができませんでした。しかし時間について様々な考察を続けるうち、「時間の征服者」こそ「人生の成功者」にほかならないという真理に辿《たど》りついたのです。

「時間の征服」の話をする前に、皆さんに問いたいことがあります。皆さんは「自分の時間」とは何かということを理解していますか？

多くの人は特に根拠なく、「死」は平均寿命近くになってから訪れるものだと思っています。そしてそこに至るまでの時間が「自分の時間」だと。しかし、はたしてそれは本当に「あなたの時間」でしょうか。この本を読み進めていくうちに、そんな思い込みはぐらぐらと崩れていくでしょう。私たちは時間というものを何もわかっていなかったのだと。

しかし私たちの祖先である古代人は、現代人とは時間の概念も捉《とら》え方もまるで違っていました。なぜなら、古代では「死」は突然やってくるのものだったからです。

もちろん現代でも心筋梗塞《こうそく》などで突然死を迎える場合もありますし、交通事故など予期せぬ事故や災害で死ぬこともあります。でも多くの場合は体調の不良を覚えて病院に行き、治療が難しい病気と診断されます。こうして死を迎える場合、死ぬまでには準備期間もあります。その死は突然ではありません。

しかし古代はそうではありません。事故や災害での死は現代と同じとしても、病気の場合は、不調を覚えてから死ぬまでの時間はあっという間であったろうと思います。栄養状態が悪く、薬も治療法もろくにないのだから当然です。傷口から破傷風菌が入れば発症してから三日と持たないし、肺炎も同じようなものだったでしょう。虫垂炎(盲腸炎)になればまず助からないし、糖尿病による低血糖症も即死亡です。風邪さえ命取りになります。

その頃の人々には、日常生活に「死神」が潜んでいる感覚があったかもしれません。自分や家族のすぐ横に見えない死神が座っている感覚です。そして気まぐれに家族や友人をさらっていく。朝、元気だった人が夜には息をしていないことは原始時代には普通のことだったでしょう。それは見慣れた光景とはいえ、やはり恐怖であったはずです。つまり古代人にとって「生」こそが「時間」であり、それはまさに今にほかならなかったのです。

人類は少しでも長く「生」を続けるために様々な努力をしました。体にいい食べ物を探し、病気に打ち勝つためには何がいいかを模索し続けました。それらは医学や栄養学として発展し、やがて何万年もの時を経て、ついには先進諸国では平均寿命が八十歳を超えるまでになりました。今や理論的には百歳に到達することも可能と言われています。しかしそれでも「死」を克服することはできません。

少し脇道《わきみち》に入りますが、人類が死の恐怖から逃れるために考え出したのが宗教です。人々は、人知を超えた「何か」にすがり、感謝を捧げると同時に救いも求めました。多くの宗教は「死はそれで終わりではない」と説きます。「この世は仮の世であって、死ねば天国に行ける」と説くものもあれば、「輪廻転生《りんねてんしょう》で未来永劫《えいごう》に生きていく」と説くものもあります。また「死は恐怖ではない」と直截《ちょくせつ》的に「悟り」を説くものもあります。しかし宗教でさえ、人類を死の恐怖から完全に救うことはできませんでした。それに多くの原始宗教は「長生きしたい」という願いを叶《かな》えるものではありません。

話を「生」に戻しましょう。人類は少しでも「長く生きる」ために、とんでもないことを考えました。それは医学や栄養学とは全く異なるアプローチの発想です。このアプローチはまさに画期的なものでした。人類が他の動物を圧倒し、凄《すさ》まじい発展を遂げることができたのは、実はこのおかげなのです。その発想とはどういうものか？

それは「時間の概念を変える」ということです。私はこれに気付いたとき、自分は天才かもしれないと思いました。百田君はただの三流小説家ではなかったのだと。それで早速、家族にこの大発見を伝えると、「はあ、何言ってるの？」と頭からバカにされましたが、天才とはたいてい身内には認められないものですからしかたありません。

私はこの発見を「新・相対性理論」と勝手に名付けました。約百年前、アルバート・アインシュタインが「相対性理論」を発見し、「時間」が伸びたり縮んだりするものだと理論的に説明して、世界をあっと言わせました。絶対的に不変なものは光の速度であって、それをもとにすれば時間は早くなったり遅くなったりするのです。さらに言えば時間は重力によっても進み方が変化します。それらは世紀の発見と言えるものでしたが、実は人類は何万年も昔から、時間は伸びたり縮んだりすることを知っていたのです。そう、人類は「時間の概念を変える」ことで、「長生き」が可能だということに気付いたのです。

私はさきほど自分を天才と言いましたが、実は人類こそ天才だったのです。この驚くべき発見をこれから説明することにしましょう。

第1章　すべては「時間」が基準

物理的な時間を
長く生きても
「長生き」には
ならない

「充実した時間」こそが「長生き」の要諦《ようてい》

「はじめに」で、私は、古代人は時間が伸びたり縮んだりすることを知っていたと書きました。そしてそれを利用することによって、彼らは栄養学や医学とは別のアプローチで「長生き」を目指したのだと。さて、それはどんな方法だったのかを説明する前に、皆さんに「長生き」の定義を質問したいと思います。

「長く生きることに決まっているじゃないか」と答えた皆さん、たしかにそれはその通りなのですが、仮に植物人間状態で百年生きたとして、それは長生きと言えるでしょうか。物理的には長生きですが、おそらく私たちが望む長生きではありません。

私たちが長生きしたいというとき、そこには無意識にある条件を付けています。その条件とは、「充実した時間」「喜びにあふれた時間」をもっての長生きです。肉体的、あるいは精神的な苦痛を背負っての長生きなど誰も望みません。

別な譬《たと》え話をしましょう。禁錮《きんこ》刑を受けて牢獄《ろうごく》に十年閉じ込められたと考えてください。その十年は人生の中でどのようにカウントされるのでしょうか。家族と過ごすこともできず、異性と愛を交わすこともできず、友人と楽しい会話もできず、働くこともできず、旅行にも行けず、趣味を楽しむこともできない——そんな十年は人生の時間としてはなかったようなものではないでしょうか。

これは言い換えれば、十年寿命が短くなったようなものです。物理的には少しも時間は減っていませんが、人生で考えると「時間が減った」のです。

実はここにあるヒントがあります。そして次のような考え方が生まれます。

「充実した時間が少なければ寿命が短い（時間が減る）」ということは、「充実した時間が多ければ寿命が長い（時間が増える）」。

つまり、物理的な時間は同じでも、充実した時間を多く持てば、それはその分だけ「長生き」したのと同じことなのです。私はこのことに気付いたとき、自分たちの持つ「時間」の不思議さに愕然《がくぜん》としました。私がこれを「新・相対性理論」と名付けたのは「はじめに」で書いた通りです。

古代人による「新・相対性理論」の発見

ところが、実はこれは私の発見ではなかったのです。人類ははるか昔からそのことに気付いていました。ホモ・サピエンスが地球上に誕生したとき、彼らははっきりとそれを知っていました。それは彼らの様々な行為を見れば明らかです。

かつて私たちの遠い祖先は常に「死」の恐怖と戦っていたと前に書きました。平均寿命が十五年という時代に生きていた彼らは「人生は有限の時間」ということを現代人以上に切実に知っていました。平均寿命が短かったのは乳幼児の死亡率が高かったからですが、それを考慮しても、男は狩りができる年齢になったころには、もう残された時間は多くはなかったはずです。病気だけでなく、狩りによる事故もあれば、他の部族との戦いによる死もあったでしょう。女の場合は出産という難事業が待っています。もしかしたら男以上に死は身近だったのかもしれません。

前置きが長くなりましたが、現代人の祖先である古代人は、日々の生活の中で、自らの有限の時間というものを切実に感じ、一日一日が現代の私たちよりもはるかに濃い時間を生きていたのです。彼らは時間を有効に使うことを心掛けていました。無駄は許されません。

映画『生きる』に見る人生のタイムリミット

黒澤明監督の作品に『生きる』という傑作があります。定年近くまで何の充実感もなく過ごしてきたある市役所の市民課の課長が、自分が胃ガンになったと知ることから始まる物語です。映画が作られた昭和二十七年当時、胃ガンは不治の病で、その告知は死刑宣告にも等しいものでした。余命が半年と知った市民課長はもがき苦しみますが、やがて自分の人生を意味あるものにしたいと思い、ずっとほったらかしていた役所での案件を片付けようと決意します。それは雨が降ると汚水がたまる場所を整備して公園にしようというものでした。彼はそれを成し遂げてから世を去りますが、その葬式の場で印象的な言葉が出てきます。同僚たちが「自分もガンになれば、彼のように頑張れる」と言ったのに対し、一人の男に「我々だっていつポックリ死ぬか」と言われる場面です。そうなのです。寿命がこの日までと知らされれば、頑張ることもできるし、死ぬ日から逆算して人生計画を練ることもできます。

しかし幸か不幸か、私たちはいつ死ぬかはわかりません。何となく八十歳くらいまでは生きるだろうと勝手に思っています。三十代や四十代の人にとって、死ははるかかなたの出来事です。今生きている一日の時間が、貴重なかけがえのないものだという自覚のある人は滅多にいません。理屈ではわかっていても、心で感じている人はほぼいないでしょう。それを悟るのは、『生きる』の主人公のように生還の見込みのない病気になったことを自覚した時か、あるいは戦争に巻き込まれた時でしょう。

生きる意味を知っていた古代人

しかし死が常に身近にあった原始時代の人々はそうではありません。愛する家族や仲間と少しでも一緒にいたい、この世界に少しでもとどまっていたいという欲求は、現代人よりもはるかに強かったはずです。しかし物理的に寿命を延ばすのは難しいことです。

ところが彼らは、物理的な寿命を延ばさなくても、長生きできることに気付いたのです。それは「充実した時間」を持つことです。獲物となる動物を求めて険しい山道を延々と歩く苦しい時間を減らしたり、あるいは洞窟《どうくつ》を拡張する作業を早く切り上げたりして、そのぶん家族や仲間たちと楽しい時間を過ごすことができれば、長生きと同じことではないか。つまり、生きるために行なう作業や苦行に要する時間を短縮して、その短縮した時間を楽しみの時間に換えれば、その分、長く生きたことになるのではないかと考えたのです。

彼らがそのために発見したことを次項で述べましょう。

すべての道具は「長生き」のために作られた

道具の発明による時間短縮

前項で、古代人は苦しい時間を短縮すればその分長く生きられることに気付いたと推論しましたが、そのために彼らがやったことが道具の発明です。

たとえば、かつては火を得るのに木を擦《こす》り合わせて、その摩擦熱で火を熾《おこ》していました。これは実際にやってみるとわかりますが、慣れない者が一時間やっても火なんか熾りません。おそらく熟練した古代人でも三十分以上はかかったのではないでしょうか。

ところが、彼らはそれを効率的にやる方法を考えました。同じ摩擦熱を使うやり方でも様々な方法を編み出し、それらを使えば、かつては一時間かかったことが数分ですむようになったのです。つまり火を熾す道具を発明したことで、一日一時間の時間を得ることになったというわけです。生涯を通して考えると、それだけで一年分くらいの時間が余計に使えるということになったのです。

武器の発明も同じです。それまで動物を素手で仕留めていたのに比べて、棍棒《こんぼう》を使用することで、一匹の獲物を仕留めるのに要する時間は大幅に縮められました。また槍《やり》を発明することで、さらなる短縮が可能になり、弓の発明で飛躍的な短縮に繋《つな》がりました。

また水を入れる容器を発明することによって、川へ水を汲《く》みに行く時間を減らすことができました。

古代人が装飾品を生み出した理由

これまで、こうした発明はエネルギーの効率化を目指して行なわれてきたと考えられてきました。たしかにそれもあるでしょう。しかしそれだけでは説明がつかない部分があるのです。なぜなら人間はしばしば効率が悪いことをするのを厭《いと》わないからです。その代表的なものが「趣味」とか「遊び」と呼ばれるものです。それらの中には実益を兼ねるものもありますが、そうでないものが大半です。

装飾品を作ることもその一つです。古代人の遺跡からは装飾品やそれに類するものが多数発見されます。中には石を丁寧に磨いて作ったものもあります。相当長い時間をかけたことが想像できますが、それらは生きるためには何の力にもなりません。効率を何よりも考えるとしたら、こんな無駄なことはありません。

縄文時代という名前のもとになった、土器につけられた縄目模様も同様です。古代の土器は実用品として作られたもので、美術品や装飾品の器ではありません。そこに苦労して縄目や文様を施すのは、実用的には何の効果もなく、きわめて非効率な工程です。衣装に色を付けたり、体に刺青《いれずみ》を施したりする行為も同じです。古代人や縄文人は何の食料も生み出さない時間を使って、石を磨いたり、土器に模様を付けたりしたのです。

さらにいえば、私たちが遊びやゲームに夢中になるように、古代人もまたそうしたものに夢中になっていたはずです。幼稚園の年少の子供たちを見ていると、大人たちに教えられなくても、オリジナルの遊びを考案して楽しんでいます。オモチャなんかなくても、砂場や草むらで楽しそうに遊んでいます。私はそれを見ると、数万年前の子供たちもこうして遊んでいたに違いないと確信します。そして古代の大人たち（といっても大半は三十歳以下ですが）もまた、何らかのゲームのようなものを楽しんでいたに違いないと。現代人は古代人よりも膨大な知識と教養を持ち、高度な科学文明の社会に生きていますが、脳の重量はほとんど変わっていません。つまり脳は同じなのです。古代人よりも我々の方が賢いというのは錯覚です。

私が言いたいことは、作業の効率化は装飾品を作ったりゲームをしたりする「楽しい時間」を生むためのものではなかったかというものです。

もちろん反論もあるでしょう。作業の効率化は、労働の生産性を高めるためのものだ、と。たしかにそれもあります。しかしそれも「長生き」のためと考えることが可能です。というのは、以前は一日一頭の鹿《しか》を狩っていた男が、便利な武器を手に入れたことで、一日二頭の狩りに成功するようになったとすれば、彼は倍の人生を生きたことになると言えます。もちろん物理的な時間は同じです。しかし、人生の時間は物理的な時間がすべてではないことはこれまでにも述べてきた通りです。

発明の根底にあるのは潜在的恐怖心

少し極端な譬えをします。プロ野球の先発投手は一度登板すると、四日から六日は休みます。ところが新しいトレーニングやケア方法によって、一日の休みで回復できるということになればどうでしょう。その投手は他の投手に比べて、実質的に倍以上の選手寿命を得ることができると言えます。

この選手寿命を人間の寿命に置き換えて考えてみればどうでしょう。生きることに要する作業を短縮することができれば、その分、寿命が延びたことと同じになるのです。このことを古代人が意識していたかどうかはわかりません。しかし彼らは無意識にそれを知っていたと私は確信しています。

人はオギャアと生まれた瞬間から時間との戦いが始まっています。平均寿命が延びた私たちはふだんそれを忘れていますが、古代人はそうではありません。朝は元気でも夜には骸《むくろ》になっているかもしれない——そんな厳しい日常を生きていた彼らが、有限の時間に対して敏感でなかったはずはないのです。少しでも苦しい（あるいはつまらない）作業を短縮できれば、そこで得た時間を楽しく生きることができる。それはすなわち有限である時間を延ばしたこと、つまり長く生きるということに他ならないのです。

そのために古代人は便利なものを次々に発明してきました。前述したように動物を狩るための槍や斧《おの》、魚を取るためのモリ、釣り針、網などの狩猟道具だけでなく、ものを運ぶ袋や籠《かご》なども作られました。いずれも時間を大幅に短縮するものです。

私たち現代人はこうした発明は「便利」のため、あるいは「作業の効率化」のためと思い込んでいましたが、実はすべて、「死」から逃れることのできない人類の潜在的な恐怖心によって生み出されたものだったのです。

人類の発明品はすべて
「楽しい時間を生み出す」
ために作られた

スイッチ一つで「時間」が得られる

人類が「時間短縮」のために作り出したものは、火熾し器や武器や容器だけではありません。移動と運搬の道具も大きな発明品です。まず初めに川や海を移動する筏《いかだ》を作り、これは船に発展しました。また陸上を移動するためにウマやラクダを使うことに気付きました。さらに車輪を発明し荷車を作り、それはやがて馬車に発展しました。これらの発明はすべて「時間を生み出す」ことを目的に為《な》されたものなのです。ちなみに車輪の発明は画期的なもので、これにより、人類は陸上における移動と運搬の時間を大幅に短縮することができました。紀元前五千年くらいの昔に古代メソポタミアの人々が作り出すまで、人類は車輪を手に入れるのに何万年もかかっています。「時間」を作り出すことによって寿命が延びるということを知った（あくまで無意識のことですが）人類は、近代に入っても、次々と新しい道具を生み出していきます。

私たちの身近にある電化製品を眺めてください。炊飯器、洗濯機、掃除機、冷蔵庫、電話――すべて時間を短縮するために作られたものです。昔なら薪《まき》をくべてかまどで炊いていたご飯がスイッチ一つで済み、何時間もかかっていた洗濯（おばあさんは川に洗濯に、というやつです）もこれまたスイッチ一つで済みます。機械が働いている間は別のことができるのです。冷蔵庫のお陰で毎日買い物に行かなくても済むようになり、お掃除ロボットに任せればお出掛けも気楽にできるようになりました。

炊飯器も洗濯機も掃除機もなかった時代

おかげで私たちがどれほど多くの時間を得ることができたか、その総量たるや想像を絶するほどです。しかしこの感覚を現代人は忘れています。生まれたときからそれらの品物に囲まれて生活しているからです。

でも昭和三十一年生まれの私にとってはそうではありません。炊飯器も洗濯機も掃除機も冷蔵庫もすべて私がもの心ついてから家に来たものばかりです。だから、「何という便利なものができたんだ！」という実感はすごくあります。幼い頃、母は家事に忙殺されていました。一日の時間の大半が炊事と洗濯と買い物に使われていましたが、前記の家電が一つ家に来るたびに、母の自由な時間が増えていったのを間近に見ています。本が好きだった母は自由になった時間で読書をし、私と妹と遊んでくれたり、いろんなところへ連れて行ってくれたりしました。もし前記の発明品が我が家に来なければ、幼い頃の私の思い出はかなり違ったものになっていたでしょう。

私が放送作家の仕事を始めた頃はファックスもあまり普及しておらず、台本は必ずテレビ局まで届けなければなりませんでした。ワープロもないので原稿はすべて手書きです。それを印刷所が大急ぎで印刷します。ちなみに高校時代はコピー機などもほとんどなく、学生たちは優等生から借りたノートを必死で書き写していました。今やそうした手間は一切ありません。その手間が消えたことで得られた時間は膨大なものです。浮いた時間でマンガを読めるし、スマホでゲームもできます。そう、楽しい時間がいくらでも増えるのです。

私が携帯電話を持つようになったのは今から三十年以上前、三十代の終わりです。ちなみに当時の携帯電話の厚さは今の三倍以上、長さも一・五倍くらいはあったでしょうか。所有率はサラリーマンで数％くらい。主婦や子供はほぼゼロです。

それ以前は、外回りの営業マンは着信番号が表示されるだけのポケットベル（ポケベル）というのを持っていました。ポケベルの持ち主は着信番号を見て、近くの公衆電話から折り返し電話するのです（その頃は町のいたるところに公衆電話がありました）。携帯が普及したことで、人々の時間がどれだけ自由になったかわかりません。

そう考えると、私たちは一世代前の人たちに比べて、比較にならないくらい自由な時間を得ているということになります。つまり平均寿命が延びた以上に「長生き」していることになるのです。

浮いた時間が「娯楽」に回った

ここで多くの読者は反論するかもしれません。

「そうして仕事時間を短縮して生み出した時間を、別の仕事をするために費やしているじゃないか」

たしかにそれは事実です。それまでは六時間かかった仕事が一時間でできるようになると、浮いた時間をさらなる仕事に回すことで、業績や売り上げも増します。でも、それも「長生き」したことになるのです。三年かかる仕事を一年で終えることができれば、三倍の仕事人生を生きたことになるからです。

ところが実際には、人類は浮いた時間の多くを娯楽に回しました。これはデータでも明らかです。たとえば日本人の仕事量は年々減っています。一九七〇年には一年の平均労働時間は二二三九時間だったのに、二〇一七年は一七二一時間、何と五一八時間も少なくなったのです。二〇一九年から順次施行されている「働き方改革」のために、労働時間はさらに短くなっていくことでしょう。さて、この時間はどこに回されたのか――多くが「自分の楽しみ」です。

この何十年かの娯楽産業の発展は凄《すさ》まじいものがあります。昔はテレビが余暇の多くを占めていましたが、そこにビデオが加わりました。さらにテレビゲームが生まれ、パソコンが誕生し、スマホが飛躍的な発展を遂げました。スポーツ観戦もかつては大相撲と野球くらいでしたが、今はサッカー、ラグビー、アメフトなども観客数は右肩上りです。海外のプロスポーツファンも増えました。テレビも有料チャンネルを含めると、優に百を超えます。

これらのハードやソフトの発展は人類が「時間を短縮する道具」を生み出したからに他なりません。敢《あ》えて言えば人類は自らが捻出《ねんしゅつ》した時間をより楽しむために、こうした機械やコンテンツを発明したのです。

これはかつて我々の祖先である原始人がやってきたことと同じなのです。何万年も経《た》った現代でも、私たちは同じことを繰り返しているのです。

おそらく人類の心の奥に、有限である寿命に抗《あらが》いたいという気持ちがマグマのように存在しているに違いありません。

「時間の長さ」は心で決まる

江戸時代の使者は命がけ

これまで語ってきたように、人類が発明してきた便利な道具は、すべて「時間を短縮するためのもの」と言って過言ではありません。

私は毎週、東京〜大阪間を往復していますが、時々、江戸時代の人々の旅を想像します。当時の旅はほとんどが徒歩で、江戸から大坂まで約二週間かかったと言われます。それが今や飛行機だと約一時間、新幹線だと約二時間半です。私たちは大阪から東京へ行くだけで、江戸時代の人より二週間分多くの時間を得たことになるのです。

ちなみに江戸時代以前の最も速い移動手段は「早馬」で、大事を知らせる時などに使者が馬を乗り継いだもので、江戸〜豊橋（愛知県）間を二日半で行った記録があります。その間、使者は、不眠不休で馬の上ですから、常人にやれることではありません。

次はこれも藩の危急時の「早駕籠《はやかご》」で、駕籠に乗った使者を六人の駕籠かきがリレー方式で運ぶものです。江戸〜赤穂（兵庫県）間を四日半で行った記録が残っていますが、その間、駕籠の中の人は不眠不休の上に、駕籠の振動を直接に尻や腰に受けないように、天井から吊《つ》るした紐《ひも》を掴《つか》んで腰を浮かせていなくてはなりませんでした。恐ろしく過酷な旅で、到着後には使者は死者となるケースも珍しくなかったようです。それを思えば満員の新幹線の中で立ちっぱなし程度は屁《へ》でもありませんね。

古代人にとって「時間」とは

閑話休題。ここで古代人にとっての「時間」とは何だったのかを考えてみましょう。現代に生きる私たちは「時間」が何であるかを知っています(あるいは知っているような気になっています)。それは子供のころから時計やカレンダーで教えられているからです。一時間がどのようなものかも知っているし、それが六十分であることも、一分が六十秒であることも知っています。

ところが「時間」とは何かというテーマは実は恐ろしく哲学的かつ物理学的な問題を孕《はら》んでいて、多くの科学者たちも完全な説明ができないものなのです。私たちは「時間は流れていくもの」と思っていますが、はたして本当にそうなのかもわかりません。流れていくものならその速度はどうやって測るのでしょう。しかし、ここではそんな科学的な領域には踏み込まないことにします。

時計というものを持たなかった古代人に、時間という概念はあったのでしょうか。少なくとも一時間とか一分とかという目安などはなかったはずです。彼らにとって時間とは「物が変化する」ということではなかったかと思います。周囲を見渡せば、草が伸び、肉が腐り、水が乾く、といったように、「時間」が経てば、物が変化していきます。古代人はそれを見て「時間の経過」を感じていたのでしょう。

古代ギリシャの哲学者アリストテレスは興味深いことを言っています。

「時間というものは運動や変化が起きて初めて認識できるものであり、運動や変化がなければ時間もない」

彼の時間認識のたとえでよく用いられるのはロウソクの話です。燃えているロウソクはだんだんと短くなり、やがてはなくなります。つまり燃えているロウソクは時間の経過を表しています。ところが消えているロウソクはいつまで経っても同じ形のままです。つまり時間の経過が見えません。

夏と冬で変わった「一刻」

ところで自然界には確実に変化が見えるものがあります。それは天体です。太陽は東から昇り、ゆっくりと頭上を移動し、やがて西に沈む。また月も夜ごとに満ち欠けしていく。それを繰り返していく中で、子供は大きくなり、青年は老い、老人はやがて死にます。古代人は天体の変化を見て、そんな時の移ろいを感じていたはずです。もちろん、人が老いていく姿もまた大きな時間の流れを表すもののひとつだったでしょう。

しかしそれ以外の時間の感覚は相当おぼろげなものだったのではないでしょうか。たとえば狩りで獲物を仕留めるまでにかかった時間を、彼らは認識していたのでしょうか。仮に前日に一時間かかったものが翌日に二時間かかったとして、彼らにその違いが正確にわかったでしょうか。疲労度などによって大雑把な判断はできたかもしれませんが、それはコンディションによっても違います。

太陽の位置（や木の影）などで、ある程度の時間の感覚はあったのでしょうが、しかしその場合も「太陽が常に一定の速度で動く」という認識が必要です。時計を持たない彼らに、その認識があったとは思えません。というのは、人類が文明を持ち始めた頃、（日時計などで）一日の時間をいくつかに等分して、「時間」を把握しましたが、夏と冬では日照時間が違うため、同じように等分した時間も、長さが違ったのです。

ちなみに江戸時代の日本は、夜明けが「明け六つ」、日暮れが「暮れ六つ」で、その間を六つに等分していましたが、夏と冬では同じ「一刻」でも時間の長さに違いがありました。

もちろん日時計を持つほどに文明が発達したころには、人類も時間が一定の速度で動いていくことを把握していたでしょうが、それ以前の古代人にとっては、時間はかなり大雑把なものだったはずです。同時に極めて主観的なもので、彼らは長く感じた時間や短く感じた時間が、物理的には同じ長さであるという認識はなかったと思います。つまり彼らにとって、長く感じた時間は本当に長く、短く感じた時間は本当に短かったのです。

実はこれは古代人だけの感覚ではありません。二十一世紀に生きる私たちも日常生活で同じことを実感しています。いやな仕事や作業は長く感じ、楽しい時間はあっという間に過ぎます。実際の時間よりも長く感じたり短く感じたりすることは珍しくありません。ただ私たちは時計を持っているので、自分が感じる時間が心理的なものだということを知っています。だから心理的時間は一種の錯覚と見做《みな》しています。

しかしそれは大きな間違いです。私たちにとって心理的な時間こそが真に重要な「時計」なのです。次項でそのことを話しましょう。

なぜ年齢で「時間」の流れの速さが変わるのか

時間には濃淡がある

人間の行動や心理は、実はすべて「時間」が基準になっているというのが、私の「新・相対性理論」の基本的な考えです。この項では、人生における「時間」の濃淡について考えてみたいと思います。

アインシュタインが発見した相対性理論によれば、すべての基準は光の速さであり、時間さえも伸びたり縮んだりします。たとえば動く物体は止まっている物体よりも時間がゆっくりと進みます。仮に、光速に近いロケットに乗って地球を出発して何年かして地球に戻ってくると、ロケットに乗っていた人は地球にいた人よりも年を取っていないのです。この時間の差はロケットの速度と航行時間から正確に求められます。このことはおよそ百年前に理論上で証明されていましたが、二十世紀の終盤になって、スペースシャトルに載せた原子時計（三千万年に一秒しか狂わない）で実証されています。

しかしアインシュタインが発見するはるか以前から、人類は時間というものは伸び縮みするということを知っていました。物理的に同じ時間であっても、長く感じたり、逆に一瞬に感じたりすることは誰でも経験があることです。

私たちの感じる「時間」は決して均質なものではありません。子供時代や若い頃の人生は濃密で、中年以降の人生は薄く淡白です。もちろんすべての人に当てはまるわけではありませんが、たいていの人はそうでしょう。

小学生の四年間と大人の四年間はなぜ違うのか

この本の読者はそれなりに人生経験のある方が多いとは思いますが、直近の四年間と、大学時代の四年間、あるいは小学校時代の四年間を比べてみてください。物理的に同じ時間かと思うくらい、長さの感覚が違うのを実感されるでしょう。

子供時代や若い頃の時間、中年以降の時間の感覚が違う理由については、多くの心理学者が説明を試みています。その中で、今のところ最も説得力のある説明と思われているのは、「時間の比率が違うから」というものです。

七歳の子供にとっての一年は、人生の七分の一の時間ですが、七十歳の人にとっての一年は、七十分の一です。十倍もの差があれば、相対的な時間の感じ方が違うのは当然です。一見、なるほどと思わせますが、実はよく考えるといくつか腑《ふ》に落ちないことがあります。というのは、この考え方だと、若ければ若いほど「時間」が長いということになりますが、現実は必ずしもそうではありません。幼稚園時代を「人生で一番長かった」と感じる人はあまりいないでしょうし、三歳以前は記憶さえない人もいます。実際、小学校時代よりも、十代後半や二十代前半の時代が一番長かったと感じる人は少なくありません。

それに、仮に七十歳の人が人生を振り返った場合、どの時代の一年も「七十分の一」であるのは同じなのです。しかしながら、過去を振り返った時、「長さ」の感覚は明らかに均質ではありません。十年分にも匹敵するくらい濃い三年間があるかと思えば、三年にも感じないほどの十年間もあります。物理的な時間は同じなのに、なぜこんなに感覚に差があるのでしょうか。

風景が変わらないドライブは思い出しにくい

私はこの謎《なぞ》を考え、ある仮説に辿《たど》り着きました。「過去の時間」の体感は、「感動と記憶」にあるのではないかというものです。

人間は人生の中で感動したり驚いたりすると、その出来事が強く心に残ります。喜んだり泣いたり怒ったりしても同様です。人生を振り返った時、そうした出来事が多かった時代は、「長い時間」に感じるのではないかというものです。逆に、そうした出来事が少なかった時代は「短い時間」に感じるのではないでしょうか。つまり「時間の濃淡」に差が出るのです。

子供時代や学生時代は多くの出来事が初めての経験で、かつ新鮮なものです。当然、感動や驚きも大きく、心に思い出として鮮明に残ります。

一方、中年以降になると、未知の経験や心に強く残るイベントもめっきり少なくなり、それにつれて感動も驚きも減ります。また喜怒哀楽も若い頃のように激しいものではなくなります。私生活がマンネリ化し、仕事がルーティンの繰り返しとなれば、それは一層顕著になります。こうした場合、恐ろしいことに、時間の把握さえあやふやになることがあります。

中年の人物が、ある出来事を想起する時、実際には十年前の出来事なのに、五年くらい前だと勘違いする場面をたまに目にします。これは感動の記憶がないためではないかと私は考えています。心に残る思い出が少ないために、その前後の時間の感覚を失っているのです。高校時代や大学時代なら、どんな出来事もいつの学年で起きたことかは容易に思い出せますが、サラリーマンを長く続けていると、ある出来事を思い出しても、それが三年前か五年前かさえあやふやになります。似たことは、車で道路を走っていてもあります。道中に様々な建物や変わった景色があると、走った距離と時間をおぼろげながら実感することができます。ドライブを終えた後も、いつどこを走ったのか、わりと簡単に思い出すことができます。ところが、まったく風景が変わらない直線の高速道路を延々と走り続けると、しばしば距離と時間の感覚を失います。

つまり中年以降の人生が短いと感じるのは、感動や驚きが減るからにすぎません。だから、中年になってから転職したり、起業したり、あるいは再婚したりすると、途端に「時間」が濃密になります。後に振り返った時、そのあたりの人生は非常に「長く」感じます。それは記憶に強く残るイベントが多いからです。

ですから、この本をお読みの中年以上の皆さん、決して悲観することはありません。心を常に新鮮に保ち、驚きや感動のある日々を送りましょう。また何らかのイベントをこしらえたり、経験をするように心がけましょう。

そうすれば、いずれ人生を振り返った時に、あなたの中で充実した時間となって残ります。つまりは「長い時間」を生きたことになります。もう一つ大事なことは、喜怒哀楽の感情を大切にすることです。感情の鈍麻は、人生を短くします。

楽しい時間が早く過ぎるのはなぜか？

楽しい時間は長く残る

さて、「時間」の感覚で私たちが最も不思議に思っていることの一つが、楽しいことをしている時はあっという間に時間が過ぎるのに、つまらないと感じている時は時間が過ぎるのがとても遅いということではないでしょうか。

ここまで述べてきたとおり、人間の潜在意識の中にある最も大きな欲望は、「長生きしたい」というものと「楽しいことをしたい」というものです。ところが楽しいことをすると、時間が早く過ぎてしまうというのは大いなる矛盾です。「長生き」の感覚を味わうためには、つまらない時間を多く過ごせばいいということになります。

しかしこれは矛盾ではないのです。前項で書いたように、楽しい時間は過ぎ去ってしまうと、その人の人生の中に大きな時間として残ります。なぜなら楽しい時は、心の中に感動や驚きや喜びをたくさん残すからです。素敵な思い出を回想する時、これらの経験は長い時間の感覚として蘇《よみがえ》るというわけです。

一方、つまらない時間は感動や驚きが少なく、あれほど長く感じたのに、振り返ると記憶にも残らず、逆に短い時間となっています。

故事に見る時間感覚の不思議

人類は昔から、人は何かに夢中になると時間の動きが止まるということを知っていました。この不思議な感覚を物語にした伝説や神話は世界中にあります。その中の一つに、中国の「爛柯《らんか》」の話があります。

晋の時代、王質《おうしつ》という樵《きこり》が木《き》を伐るために山の中に入ると、童子たちが森の中で碁を打っていました。王質が碁を眺めていると、童子は彼に棗《なつめ》の種のようなものをくれました。王質はそれを食べながら童子の打つ碁を見ていました。やがて碁を打ち終えた童子は森の奥へ消えていきました。

王質は自分も帰ろうと思い、傍らに置いていた斧《おの》を見ると、柄が腐っていました。不思議なこともあるものだと思いながら、山を下りて村へ帰ると、知っている人は誰もいませんでした——。

つまり王質は、斧の柄が腐るまで、何百年も碁を見つめ続けていたのです。ちなみに「爛」というのは腐るという意味で、「柯」は柄のことです。このことから囲碁の別名は「爛柯」といいます。この物語は囲碁には時を忘れるほどの魅力があるという話ですが、私はむしろ「時間感覚」の不思議を表した物語だと思っています。実は日本の「浦島太郎」の物語は「爛柯」の話がもとになったと言われています。

これとよく似た話は世界中にあります。フランスには、美女とめくるめく時間を過ごしたガンガモールという騎士が城に戻ると三百年の月日が流れていたという話があります。アメリカの有名な物語『リップ・ヴァン・ウィンクル』は、森の中で出会った老人の酒があまりにも美味《うま》すぎて眠りこけ、気付いたら二十年も経っていたというものです。いずれも楽しい時間を過ごした者たちは、時間の感覚を失うということを表した物語です。ちなみに英語では「リップ・ヴァン・ウィンクル」という言葉は「時代遅れの男」や「寝てばかりいる男」という意味でも使われるそうです。

体内時計の針を見つめるか否か

ところで前項でも書いたように、光速に近い速度で移動すると、これらの物語と同じような現象が起こることは、理論的に証明されています。日本のＳＦ界では、これを「ウラシマ効果」と呼んでいます。マンガ「ドラえもん」では、浦島太郎は実は竜宮城へ行ったのではなく、宇宙人に別の星に連れていかれたという仮説を静香ちゃんが唱えていました。アメリカ映画『猿の惑星』は、地球を飛び立った宇宙飛行士たちが辿り着いた星は、何百年も経った後の地球だったというオチです。ちなみにアメリカのSF界では「ウラシマ効果」は「リップ・ヴァン・ウィンクル効果」と呼ばれているそうです。

話がかなり逸《そ》れましたが、なぜ楽しいことをしていると時間の感覚が狂うのかについて、私はある仮説を立てています。

人間という生き物には、常に体内時計が働いています。私たちは翌日に重要な用事を控えた朝は、よほどの寝不足でない限り、目覚まし時計がなくても、その時間に目が覚めます。というのは、眠っている間も、潜在意識の中で時を数えているからです。これは目覚めている時も同様です。そう、私たちはふだん何をしている時でも、無意識に時を数えているのです。だから時計を見なくても、もう一時間くらいたったなとか、三十分くらい歩いたなとわかるわけです。

ところが、私たちが何かに夢中になったり、あることに心が奪われた時、体内時計が一時的に止まってしまうのではないかというのが、私の仮説です。

なぜなら、楽しいことをしながら、「時を数える」というのは矛盾する行為だからです。「時間経過の確認」は、それ（楽しい時間）が消えていくことを常に意識するものです。

少し極端なたとえをしますが、素敵な異性とデートしている時に、五分おきにスマホのアラームが鳴るとどうでしょう。時間経過は常にわかりますが、アラームが鳴るたびに楽しい時間が削られていくのを実感するのではないでしょうか。このアラームを体内時計に置き換えて考えてみてください。当然、そんなものは止めてしまうでしょう。

一方で、つまらないことをしている時、私たちは何を考えているのでしょう。おそらく誰もが、一刻でも早く解放されたい、この作業を終えてしまいたい、この人物と別れたい、と考えていることでしょう。その時は、おそらく体内時計がフル稼働しているだけでなく、無意識のうちにその体内時計の針の動きを見つめているのではないでしょうか。

ふだん私たちはぼんやりと五分くらいの時間を過ごすことは珍しくありません。ところが、その間ずっと時計の秒針を見つめていたとしたら、その五分間はびっくりするくらい長く感じるでしょう。

つまり、つまらない時間を過ごしている時の時間の速度を遅く感じるのは、自らの体内時計の針の動きをじっと見つめているからに他ならないのです。

楽しい時間の長さが人生の長さ

人間にとって心理的な時間の大切さは、前に書いた牢獄のたとえでわかると思います。私たちは皆、長生きしたいと思っていますが、仮に牢獄で暮らす百年の寿命と、自由な生活の五十年の寿命のどちらを選ぶかと問われれば、ほとんどの人は後者を選ぶでしょう。これは私たちが物理的時間よりも心理的時間を優先しているということに他なりません。牢獄に繋がれた時間は自由な時間の半分の価値もないと、人は本能的に知っているのです。

つまり私たちが人生で求めているのは単なる時間ではなく、「楽しい時間」なのです。そして長生きとは楽しい時間の長さなのです。人類はその楽しい時間を増やすために様々な発明を重ねてきました。その執着は人類の心理を支配し、二十一世紀の今も、わずかでも楽しい時間を増やす努力を懸命に続けているのです。

では、楽しい時間とは何でしょう。これを定義するのは難しい。なぜなら人によって異なるからです。テレビゲームに夢中になる人もいれば、そんなものには全然興味のない人もいます。私は読書が好きですが、これを苦痛に感じるという人もいます。スポーツや楽器演奏についても同じことが言えます。要するに何を楽しい時間と思うのかは人それぞれですが、「楽しい時間の長さが人生の長さ」ということです。

ただ、現代に生きる私たちはそのことに気付きません。というのは「物理的時間」に支配されているからです。私たちはものごころついたころから時計によって生活のすべてが決められています。○時までにこれを始め、○時までにこれを終える――あらゆる行動が時間に換算され、私たちは「物理的時間」が絶対的なものと思い込まされています。そしていつのまにか「心理的時間」の重要性を見失っています。前に書いたように、心理的に「長い」と思っても、それは一種の錯覚と見做してしまうようになったのです。

時間という概念を持たなかった古代人はそうではありません。彼らは時間を自分の感覚で計っていたはずです。自分が長く感じた時間は長く、短く感じた時間は短かったのです。寿命が現代人の三分の一くらいしかなかった古代人は、その短い生涯の間に、より楽しい時間を長く持とうと格闘していたのです。

「苦しい時間」が「楽しい時間」に変化する不思議

「好きなことだけをして生きろ」という欺瞞

前項で、人生の「時間」の長さは物理的なものではなく、実は心理的（あるいは感覚的）なものであると、私は書きました。感動と驚きの多い時を過ごせば、「人生の時間」は長く濃いものになるし、つまらない時は、逆に短く薄いものになります。

とはいえ、大金持ちの家に生まれ落ちでもしない限り、私たちは生きるために、時にはつまらない仕事や嫌な仕事もしなければなりません。

よく成功したアーティストやスポーツ選手やユーチューバーが若い人に向けて、「好きなことだけをして生きろ」みたいなことを言いますが、これくらい欺瞞《ぎまん》に満ちた言葉はありません。そんなことが許されるのは特別の才能を持った選ばれた人だけです。それに、世の中の皆が、歌を歌ったり、詩を書いたり、スポーツをしたり、マンガを描いたりしていたら、電気や水道は誰が供給してくれるのでしょうか。スーパーに並ぶ食料品は誰が作って、誰が運んでくれるのでしょうか。

大正生まれで高等小学校しか出ていない私の父は、戦争から帰って家族を養うために様々な仕事に就きましたが、最終的に大阪市の水道局の漏水課の職員になりました。

仕事の内容は、一日中、大阪市内を歩き回り、水道管が破損しているところを見つけると、鶴嘴《つるはし》とスコップで穴を掘り、水道管を修理するというものです。天候の穏やかな日ばかりではありません。夏の炎天下や冬の寒空の下での作業となると、肉体的にも厳しいものがあったはずです。そんな仕事を好きで選ぶ人はいないでしょう。

しかし父がその仕事を嫌っていたとは思えません。というのは幼い私に仕事のことを面白おかしく語ってくれていたからです。これは想像ですが、父は仕事の中に楽しさを見つけ、またささやかな誇りを持っていたのではないでしょうか。

「好きなことを仕事にする」のではなく「仕事を好きになる」

父の話をしたのは、「好きなことを仕事にする」のではなく、「仕事を好きになろう」ということを書きたかったからです。これはこの本のテーマである「時間」に関連します。なぜなら、仕事を好きになると、その「時間」は「楽しい時間」になるからです。

私は二〇一二年に出光佐三《いでみつさぞう》の人生を描いた『海賊とよばれた男』を書きました。前半のクライマックスに、終戦直後、日本が石油不足にあえぐ中、出光の社員たちが旧日本海軍の重油タンクの中に入る場面があります。占領軍に「タンク底の油を使ってからでないと、日本に石油を輸出しない」と言われたために、出光興産の社員たちがやむなく行なったものです。その作業は、泥だらけのタンクの底に腰まで浸《つ》かって油を掬《すく》いとるというもので、どこの石油会社もやらなかったくらい危険できついものでした。出光興産では後に、苦しい時には「タンク底にかえれ」（タンク底でのつらい仕事を思い出せ）という言葉が合言葉になったということです。

私は本を書くにあたって社員の方何人かにインタビューしたのですが、その中に父親がタンク底での仕事をしたという方がいました。私がその人に「お父さんはタンク底の苦しさを息子さんにどのように語っておられましたか」と尋ねると、彼はこう答えました。

「父はタンク底の話をするときは、嬉《うれ》しそうでした。『仕事はきつかったけど、仲間と一緒に泥と油だらけになっての作業は楽しかったなあ』と笑顔で言っていました」

私は思わず膝《ひざ》を打ちました。

社史では辛《つら》い仕事と書かれていたタンク底の作業は、実際にやった者にとっては、楽しいものだったのです。しかしその作業の間、「辛い」「早く終わりたい」ということだけしか考えていなければ、楽しい思い出としては残らなかったでしょう。

ただ、彼の中で「楽しい時間」になったのには、別の理由があったのではないかと私は考えています。タンク底の仕事をやり終えた出光興産の頑張りのお陰で、日本に石油が輸出されることになりました。つまりその仕事は日本のためになったのです。この達成感と評価によって、タンク底の過去の時間が書き換えられた可能性があるのではないでしょうか。

「達成感」は過去の記憶も塗り替える

人間は自分の仕事が「誰かのためになった」「高く評価された」「そのことで今がある」と思えると、辛かった思いは忘れ、逆に楽しかった思い出に書き換えられるのです。するとその「時間」も「楽しい時間」に置き換えられるのです。これが精神的な時間の不思議なところです。

これはスポーツの世界などでは特に顕著です。トレーニングをしている時は、死ぬほどの苦しさであっても、栄光を摑むと、それさえも楽しい時間となって記憶が置き換えられます。また、たとえ栄光を摑むことができなくても、そのトレーニングによって、自分がひと回り大きくなったというような自覚を持つことができた時も同じです。

勉学も同様です。受験勉強はほとんどの人にとって苦しくてつまらないものです。ところが面白いことに、一流大学出身者は、受験勉強にそれほど嫌な思い出を持っていない人が多いのです。どちらかと言えば肯定的に捉《とら》える人が少なくありません。勉強が嫌いでないから一流大学へ進めたという面もあるかもしれませんが、私はそれだけではなく、「目標を達成した」という気持ちが、嫌な受験勉強の記憶をいいものに変えてしまった面があるのではないかと思っています。

逆に頑張って勉強したのに、志望校へ入れなかった人や、勉強が嫌で途中で投げ出してしまったりした人は、受験勉強の記憶も嫌なものになってしまうケースが多いような気がします。

つまり人生において「達成感」というものは、「過去の記憶」も塗り替えてしまうほど大きなものなのです。

有名な囚人の強制労働の話があります。どんなに過酷な労働にもへこたれない囚人でも、心が折れてしまう労働があるというのです。それは何時間もかけて地面に穴を掘り、そしてその穴を埋め戻すというものです。これをやらされた囚人は、肉体的にではなく精神的に参ってしまうそうです。この話は、心理学的にはいろいろな説明ができそうですが、私の「新・相対性理論」では、こんな風に説明できます。

「あらゆる作業の結果として生じる『成果、評価、報酬、達成感』などは、すべて『時間』を形にしたものである」という前提に立った時、その形（成果、評価、報酬、達成感）が見えない作業は、「時間」をドブに捨てたのと同じです。したがって囚人の心が折れるというわけです。

世の中のすべての仕事には、必ず何か得るものがあります。父がやってきた仕事は肉体的にはきついものでしたが、彼はその仕事が大阪市民の生活に繋がるという誇りと喜びを持っていたと思います。そして給料は少ないながら、妻や子供の笑顔を見て、「この笑顔のために今日も頑張れたな」と思っていたのかもしれません。

第2章　現代社会と「時間」

人間社会は「時間」の売買で成り立っている

生活のために時間を切り売りする現代人

さて、いよいよこの本の本質である「時間の価値」について語ることにしましょう。

私たちは「オギャア」と生まれた瞬間から「時間」を与えられます。そしてその「時間」をすべて失った時、人生は終わります。つまり自分が持っている「時間」は「生」そのものなのです。

私たちは少しでも長生きしたいという願いを持っていますが、物理的には限界があります。

栄養状態に恵まれ、医療技術が進んだ先進国では、百歳まで生きる人も珍しくはありませんが、悲しいことに壮年期の健康を維持している人はいません。内臓は元気でも、目や耳などの感覚器官が衰えたり、認知症になっている人もいます。統計的には八十〜八十四歳の五人に一人が認知症を発症するそうです。

せっかく平均寿命を超えても、これでは長生きの喜びはあまり味わえないと言えます。

これまで何度も書いてきたように、私たちが考える長生きとは、「健康で」「楽しく」すごす時間です。その時間が長ければ長いほど、人生は豊かであり、すなわち本当に「長生き」したことになるのです。

ここで多くの人は「仕事と遊び」の関係を連想するのではないでしょうか。ほとんどの人にとって、仕事は苦しいものであり、遊びは楽しいものです。もっとも、前章で述べたように苦しい仕事の時間を楽しい時間に変換することは可能です。ただ、ここでは話を簡単にするために「仕事＝苦行」としましょう。

私たちは生きるために仕事をします。一日のうちの何時間かを仕事に費やし、そうして得た金で生活しています。たとえばサラリーマンは会社や経営者に自分の大切な「時間」を売っているのです。

つまり「仕事」というのは、別の見方をすれば「時間の売買」なのです。

楽しい時間を買うために苦しい時間を売る

しかしサラリーマンや労働者が一方的に「時間を売っている側」というわけではありません。そんなことになれば、世の中の時間のバランスが大きく崩れてしまいます。

実は、人々は自分の時間を売って得た金で、今度は楽しい時間を買っているのです。

私たちの楽しみは、実は他人の時間を買うことで成り立っているものが多いのです。コンサートは歌手やオーケストラのプレイヤーに金を払って演奏させているものですし、芝居や寄席《よせ》を楽しむのも、芸人や役者に金を払って芸をさせています。プロスポーツ観戦も、アスリートに金を払って競技をさせています。レストランやファーストフード店での食事も、コックや給仕係に金を払ってサービスさせていますし、クラブで楽しく飲むのもホステスに金を払って笑顔と会話を提供させています。

もちろん旅行、ゴルフ、カラオケ、サーフィン、スキーなども同様で、私たちが人生を楽しむときの多くは、サービスを提供する人に金を払って、その人の時間を買っているわけです。逆に言えば、こうした楽しい時間を買う金を得るために、自分の時間を売っていると言えます。

仕事が「時間を売るもの」なら、誰だってできるだけ高く売りたいと思うのが人情です。無限にあるものなら少々安く売ってもたいしたことはありませんが、何しろせいぜい八十年の時間です。しかもそのうちの三分の一は寝ています。また最初の二十年くらいは子供時代で、後半の二十年くらいは体にガタがきて、十分に働けません。売買で例えれば、高値で売れない時間とも言えます。ならば、働き盛りのときにできるだけ高く、また効率的に売っておきたいと考えるのは当然です。

時間を高く売れる職業

世の中には「憧《あこが》れの職業」というのがありますが、それらはぶっちゃけて言えば、「時間が高く売れる仕事」です。花形スポーツ選手や有名タレントになれば、彼らの時間は非常な高値で売れますが、それは特殊な才能を持ったごく一部の人間の話で、私たちには縁のない世界です。

一般的に考えた場合、時間を高く売れる職業は、一流企業のサラリーマン、官僚、医者などが挙げられます。だからこうした仕事に就くことに多くの人が憧れるわけです。そのために多くの人が一流大学を目指して勉強したり、資格を取ろうと努力したりします。それはひとえに自分の時間を高く売るためです。

日本を含む先進諸国では、偏差値の高い一流大学を出た人ほど給料の高い会社に入りやすいですが、これは一流大学に入った者は優秀と見做《みな》されているからです。「優秀」というのは、他人よりも努力を重ねた結果であるとも言えます。そして「努力」というのは、言い換えればそれだけ時間をかけたということです。

これはすべてのことに当てはまります。他人よりも優れた技術や能力を持つ人は、それを得るために人よりも長い時間をかけています。だからこそ、それらの技術や能力を用いる時間は高く売れるというわけです。

余談になりますが、小説家である私は本が多く売れるほど、執筆に使った時間の単価は高くなります。逆に売れないとその単価は限りなく低くなります。だからこそ、より多くの人に楽しんでもらえるものを書こうと頑張っています。

ちなみに小説家になる以前は、放送作家をやっていました。放送作家の単価は決まっています。台本やナレーションの出来がいいからとギャラの上乗せはありません。長く時間をかけたからと言って残業手当がつくわけでもありません。

そこで私が考えたのは、仕事を早く終えることです。ギャラ六万円の台本を六時間かければ時給は一万円ですが、三時間でやれば二万円、一時間でやれば六万円です。早ければ早いほど私の時間が高く売れたことになるのです。そうして浮いた時間は自分の自由に使えます。というわけで放送作家時代の私はめちゃくちゃ仕事が早かったのです。今でも執筆速度はかなりのものです。

もっともいくら仕事が早くても、内容が粗かったり雑だったりすれば、次からのオファーはありません。逆に時間をかけても質のいい仕事をすればオファーも増え、またギャラも上がります。長い目で見れば、そちらの方がいいということもあります。

そのあたりの生き方は性格にもよります。

会社は「時間の流通業者」

ところで多くの人が時間を売って生活している一方で、他人の時間を買って生きている人もいます。経営者と呼ばれる人たちです。彼らは自分の会社で人を雇い、その人たちの時間を買い取ります。大きな会社になればなるほど、より多くの人の時間を買い取ることができます。

しかし時間を買い取ってばかりでは、会社の経営は成り立ちません。会社（あるいは経営者たち）は、労働者たちから買い取った時間で作った「商品」を、多くの人々に売ることで収支のバランスを取ります。「商品」は「時間」を変換したものに他ならず、これにより、会社は「時間を売る側」に回ったということになります。

商品の中にはサービスやシステムも含まれます。たとえばテレビゲームを作る会社の経営者は、プログラマーの時間を金で買い、彼らにゲームを作らせ、それをファンに提供します。ファンはそのゲームで「楽しい時間」を味わうために、ゲーム会社に金を支払います。つまり経営者はプログラマーたちの時間を買い取り、一方でファンに時間を売り、その差額で儲《もう》けているわけです。

宅配会社は、ドライバーたちの時間を買い、それを人々に売っています。人々は自分が品物を運ぶのに要する時間を宅配会社から買っているのです。

このように経営者たちは被雇用者たちから買い取った時間を、別の人に売ることで利益を得ています。言うなれば、「時間の卸問屋」みたいなものです。あるいは「時間の流通業者」と呼んだ方がいいでしょうか。

そしてその経営者もまたそうして得た金で、自分の楽しみのために誰かの時間を購入しています。

そう考えると、人間社会というものは本当に面白い仕組だと思います。自分の時間を売って得た金で、他人の時間を買う――私たちの社会はその繰り返しで成り立っているのです。

金を盗むのは「時間」を盗むのと同じである

「時は金なり」

前項で、私たちの多くは自分の時間を売って得た金で、他人の時間を買う――私たちの社会はその繰り返しで成り立っていると書きました。

「時は金なり」という言葉があります。これはアメリカ合衆国建国の父の一人として知られるベンジャミン・フランクリンの格言ですが、実は私たち人間の社会では、文字通り「時間」は「金」なのです。

私たちは経済活動の中で「金」と「モノ」を交換していると思っていますが、それは錯覚です。私たちが金と交換しているのは、物品や不動産やブランドなどではなく、実は「時間」だったのです。つまり、私たちの生活のすべては時間が基準になっているのです。時間は一見、実体がなく目にも見えないものですから、皆、そのことに気付かないでいるだけです。

現実社会の商品のほとんどの価格は、基本的には時間に比例しています。そのものを生み出すのにかかる時間こそが商品の価値なのです。ダイヤやゴールドが高価なのは、希少性ゆえではなく、それを見つけ、掘り出す時間が莫大だからです。工芸品や食品も、それを作るのにかけた時間が多いほど高価になります。その逆に、短い時間で作れるものほど安価です。ブランドや伝統も時間をかけたものほど価値が上がります。要するに私たち人類は、すべての基準は実は「時間」であると無意識に知っているのです。オートメーションでできるものと職人の手作りでは、値段が違うのはそのためです。

お金について考える場合の最も大切な要素のひとつである「利息」も時間が基準になっていますし、労働に対する報酬もほとんどは時間が基本になっています。成果によってギャラが決められるのは特殊な仕事だけで、多くのサラリーマンは「労働時間×一定の金額」が給料です。「時給」という言葉はまさに「時間」が基本となっていることを表しています。

私たちは日常生活でしばしば時間について「命の次に大事」という言い方をすることがありますが、これは間違いです。時間こそは私たちの「生」そのものなので、「時間＝命」です。

繰り返しになりますが、私たちはその大切な時間を、経営者や資本家に売って生活しています。もっとも売り渡す相手は資本家に限りません。医者は患者のために時間を売り、弁護士はクライアントのために時間を売って生活しています。マッサージ師もソープ嬢も客のために時間を売って生きているのは同じです。ここで極端な譬《たと》えを許してもらえるなら、私たち人類の文明社会においては「金」とは「時間」に他ならないのです。

「盗み」は人類共通の悪

「金＝時間」という前提で、ひとつ泥棒について考えてみましょう。文化人類学は私の好きな学問のひとつですが、それによれば、同じ行為でも民族や文化が違えば、捉《とら》え方がまるで違うということがよくあります。ある文化圏では尊敬される行為が、別の文化ではタブーとされたり軽蔑《けいべつ》されたりします。

一夫一婦制が正しいとされる文化圏では、いわゆる妾《めかけ》を持つ男性は白い目で見られますが、一夫多妻の文化圏ではそういうことはありません。また一妻多夫の文化を持つ民族もあれば、そもそも結婚という概念が存在しない民族もあります。性の捉え方も多種多様で、同性間のセックスで死罪となる文化圏もあれば、同性婚が認められる文化圏もあります。もっと身近な食事のマナーを見ても、皿を持ち上げて食べる文化圏もあれば、絶対に皿を持ち上げてはならないマナーの文化圏もあります。こんな例はそれこそ無数にあります。

ところが、「盗み」はほとんどの時代と文化圏で、非常に憎まれる犯罪のひとつになっています。これはもう人類共通の考えと言ってもいいでしょう。ただし、「所有」という概念を持たない未開の少数部族には、「盗む」という概念もないということらしいですが、それは例外中の例外と見做してもいいでしょう。誤解を恐れずに言えば、所有という概念を持たないゆえに、進化できず未開にとどまったのかもしれません。

話を元に戻して、人々はなぜ「盗み」を嫌うのか。そして社会はなぜ、それを容認しないのか。それは——物を盗むということは、実は物を盗んでいるだけではないからです。ここまで読んでくださった読者の皆様はもうお気付きだと思いますが、泥棒は品物や金を盗んだように見えて、実は本当に盗んでいるのは「時間」なのです。

たとえば、泥棒がある人から金を盗んだとしましょう。しかし見方を変えれば、その金は被害者が何よりも大切な自分の時間を売って手に入れたものです。つまり泥棒は、被害者がその金を稼ぐのに費やした時間を奪ったということに等しいのです。したがって金を盗んだということは、他人の時間を盗んだことであり、敢《あ》えて極論すれば、他人の人生の一部を奪ったことになるのです。

窃盗犯の盗んだものは金品ではなく時間

ところが、私たちはそのことに気付いていません。それどころか法律家もそれがわかっていません。そもそも窃盗が時間を盗んだものという概念がないので、裁判官も検事も弁護士も、犯罪を時間で考えるということができません。そこで窃盗犯の量刑は金額の多寡《たか》で決められ、そのことに私たちも何の違和感も覚えません。

しかし窃盗犯が盗んだものは、実は金品ではなく時間であったと考えると、盗まれた金額が同じでも、被害者によってその価値は同じではないということになります。たとえば資産十億円の人と百万円の人では、同じ百万円を盗まれても、痛みはまるで違います。それは百万円を手に入れるために費やす時間が違うからです。もし百万円を貯《た》めるために十年かかった人からその金を盗んだとしたら、その人から十年の時間を奪ったとも言えます。一方、一時間で百万円稼ぐ人から百万円を盗んだ場合は、一時間の時間を奪ったにすぎないとも言えます。そう考えると、窃盗犯の量刑は、単純に金額の多寡で決めるのではなく、被害者の資産、あるいは稼ぐ力によって決められるべきなのです。その理由を次項でお話ししましょう。

殺人は「時間」を奪う究極の犯罪

「時間」の大切さを忘れた現代人

前項で、窃盗という犯罪は、実は金品を盗んだのではなく、その金品を得るのにかかった時間を盗んだのと同じであると書きました。そして現代人の多くはそのことに気付かず、また窃盗犯を罰する検察官や裁判官も気付いていないとも書きました。もちろん刑法もそれを考慮に入れていません。それはなぜか？

理由は、現代人は昔に比べて平均寿命が飛躍的に延び、「時間」が何よりも大切なものであるという認識を失ってしまったからだと私は考えています。つまり「時間」の大切さを忘れ、「金」の方に重きを置くようになってしまったのです。

しかし平均寿命が現代人の半分しかなかった時代は違いました。「時間」を盗む窃盗犯に対する罰は実に苛烈なものでした。中世ではわずかな金を盗んだだけで死刑も珍しいことではありませんでしたし、現代でも、盗みを働いた指を斬《き》り落とすという国もあります。

日本でも江戸時代は十両盗めば死罪、金額の多寡にかかわらず三度の窃盗も死罪でした。もしかしたら平均寿命が短かった昔の人は、それだけ時間の貴重さを知っていたため、それを奪う窃盗犯を、厳しく罰したのかもしれません。

現行刑法の量刑は軽くなっている

刑法の話のついでに語ると、懲役の量刑そのものも現代はおかしくなっています。少なくとも日本に限って言えば、明らかに軽くなっています。これも私の「新・相対性理論」ではっきりと説明できます。

日本の現行刑法が作られたのは明治四十年です。西暦で言えば一九〇七年、なんと今から百年以上前のことです。もちろんこれまでの間に何度も小さな改正はなされていますが、大改正は一度も行われていません。殺人・強姦《ごうかん》・放火などの凶悪犯の量刑に関しては基本的に百年前とほとんど変わっていません。

現行法の最高刑は死刑ですが、次は無期懲役、その次は懲役（あるいは禁錮《きんこ》）二十年です（加重事由のある場合は最長三十年）。ちなみに無期というのは「刑期に期限がない」という意味で、終身刑ではありません。長い間、有期刑の最高刑も十五年でしたが、二〇〇四年の法改正で、凶悪犯に対しては最長二十年に改められました。

つまり人を殺しても、死刑さえ免れれば、長くても二十年で社会復帰が可能ということです。この二十年という刑期をどう見るかということですが、「新・相対性理論」によれば、明治に作られたときよりも、大幅に軽くなっていると断言できます。

「そんなことはない。二〇〇四年の法改正で量刑はむしろ重くなっている」

そう反論される方がおられるかもしれません。

たしかにそれまでの有期刑の最長が十五年から二十年に延びました。しかし私から見れば、それでも現行刑法が作られた明治四十年当時に比べれば比較にならない軽さです。

というのは、その頃の日本人の平均寿命は現在の半分ほどしかないからです。明治四十年の統計によると、この年の日本人の平均寿命は男女ともに約四十四歳です。もっとも当時もまだ乳幼児の死亡率が高く、それで平均寿命を下げている傾向がありますが、それでも多くの人が五十歳くらいで亡《な》くなりました。つまり当時の人々の寿命を五十年と考えると、殺人の罪で懲役十五年は、かなり重い刑であったとわかります。

たとえば三十歳で懲役十五年の刑を受けると、出所したときにはもう寿命はわずかしか残っていないということになります。また明治の監獄は今とは比較にならないほどの劣悪なもので、そんなところに十五年もいたら、もう体もボロボロになっていたことでしょう。

つまり懲役十五年というのは、実質的には犯人の人生を破壊するのに近い刑だったということです。

でも現代は違います。医療が飛躍的に発達し、栄養状態も良くなり、平均寿命は男女ともに八十歳を超えました。三十歳で殺人を犯して懲役二十年の刑を受け、満期まで勤め上げて出所しても、残りの人生は三十年以上も残っています。ちなみに私が小説家になったのは五十歳のときで、それから現在まで十五年近く仕事をしています。つまり現代は五十歳からでもまだまだいろいろなことをやれる可能性は残っているし、人生を十二分に謳歌《おうか》できるということです。本来、平均寿命が延びたなら、それにともなって量刑も増えるのが自然な考え方なのに、現実は逆になっています。これは完全に誤りです。

余談になりますが、現代は刑務所の環境がどんどん良くなっています。冷暖房が行き届いた部屋で、食事は栄養バランスの行き届いた素晴らしいものですし、病気になっても治療してくれます。その治療費はすべて税金で賄《まかな》われます。以前、ある死刑囚が難病にかかったとき、何千万円かけて治療をしたということがありました。

現代の囚人はテレビも観《み》られるし、読書もできます。懲役という名前がついていますが、かつてのように厳寒の北海道で道路工事の苦役に就くわけではありません。囚人仲間同士でお喋《しゃべ》りしながら封筒作りや雑巾《ぞうきん》作りなどの楽な単純労働です。だから多くの犯罪者にとっては、「二度と来たくない！」場所にはなっていません。「再犯者率約五〇％」という高さは、刑務所の環境の良さも原因ではないでしょうか。年末になると、暖かい刑務所で過ごしたいという動機で小さな罪を犯す人が現れるのもそのせいです。

閑話休題。話を「時間」に戻しましょう。さきほど加害者についての話をしましたが、平均寿命の問題は被害者にも当てはまります。

明治時代の寿命が五十年の時代に、三十歳で命を奪われた人は、残りの人生（時間）を二十年奪われたことになります。しかし現代なら、五十年の人生（時間）を奪われた計算になります。もし彼に家族がいたなら、その人たちの悲しみの時間もずっと長いことになります。つまり同じ殺人でも、百年前と現代では、「奪った時間」という視点で観れば、まるで違うということです。

殺人を「人の時間を消し去る行為」と見ると、それは明治時代よりも現代の方がずっと罪が重いのです。にもかかわらず、現代は殺人罪で死刑になることは滅多にありません。これはかなりおかしなことです。

「永山基準」のおかしさと裁判員裁判

日本では毎年、殺人事件が約千件起こっています。しかし死刑判決が出されるのは、十件以下です。率で言えば、一％以下です。一般人の感覚では非常に少ない気がします。これは昭和四十三年に起きた「永山事件」が影響しています。当時十九歳の少年、永山則夫が短期間に四人を殺した事件ですが、犯人が自分の劣悪な生育環境や情状酌量を訴え、また獄中で書いた小説に作家や文化人が感動し、支援運動を行なったことから、一度は高裁で無期懲役の判決が出ました。

余談ですが、永山が他と比べて劣悪な環境で育ったとしても殺人の免責にはなりませんし、どんなに優れた文学を書こうと情状酌量にはまったくなりません。個人的な意見を付け加えると、裁判所が重視する「犯行後の反省」などは減刑の材料にはならないと考えています。情状というのはあくまで犯罪前のことで、犯行後の心の変化が判決に変化を与えることなどあってはならないのです。

それはともかく、永山裁判はその後、差し戻し審や上告棄却などを経て、最高裁で死刑が確定しましたが、何の落ち度もない四人の命を無慈悲に奪った冷酷な犯人に死刑判決を下すのに二十二年もかかったのです。何より問題なのは、以後、死刑判決を出す際には、「永山基準」と呼ばれるハードルを越えなくてはならないようになってしまったことです。

「永山基準」を詳細に語るのは本文の趣旨ではありませんが、重要な部分だけを乱暴に言えば、永山裁判以降、「被害者が一人か二人なら死刑にならない」という考え方が裁判官の中に生まれました。

二〇一八年、新幹線の中で二十二歳の男が三人の乗客に襲いかかり、一人を殺害するという事件がありました。検察は犯人に無期懲役を求刑し、二〇一九年に出された一審での判決もそうなりました。しかしこの判決は犯人の希望通りのものだったのです。というのは、彼は無期懲役で刑務所に入りたいと願い、殺人を犯したからです。呆《あき》れたことに、犯人は「二人までなら死刑にならない、三人殺すと死刑になってしまう」という趣旨のことを供述していました（その後、二〇二〇年に、検察・弁護側とも控訴せず、判決が確定しました）。

つまり我が国においては、二人殺したくらいでは、なかなか死刑判決が出ないというのは、一種の定説にまでなっていたのです。しかしこの「定説」は法律の専門家ではない普通の人々の感覚とはかなりずれています。この事件以前の殺人事件においても、犯人に対して裁判所が下す量刑が軽すぎるのではないかという、一般市民の声や疑念は常にありました。

そこで、市民が持つ日常感覚や常識といったものを裁判に反映するために、二〇〇九年に裁判員制度が導入されました。これは殺人や傷害致死などの重罪事件の裁判に市民が参加し、有罪か無罪かの判断と量刑の判断を行なうものです。欧米の陪審員制度に似たところもあります。

ところが、一審で裁判員たちが「死刑判決」を出しても、次の二審でその判決が裁判官によって覆《くつがえ》される例が非常に多いのです（二審は裁判員は参加しません）。つまりせっかく市民感覚で死刑判決を出したものの、法律の専門家が否定するという形になっているわけです。穿《うが》った言い方をすれば、現代の日本においては、法律の専門家の意識は、一般の市民感覚とは大きくずれていると言っても過言ではありません。

殺人犯が消し去った時間

かなり脱線しましたが、話を「時間」に戻すと、法律家は法解釈や人権にばかり捉われ、犯罪の多くが人々の（有限である）「時間」を奪ったものであることを完全に忘れているとも言えます。逆に、普通の人々は無意識にそうした感覚を持っているのかもしれません。

もっとも殺人を「時間を奪う行為」と定義すれば、老人を殺した場合は罪が軽くなるのではないかという反論がくるかもしれません。生まれたばかりの赤ちゃんを殺せば、その刑も一層重くなるのではないか、と。

敢えて乱暴な言い方をしますが、そういう見方もできます。ただ基本的に「命」の重さは老人も赤ちゃんも同じです。その命を奪った罪に加えて、奪った時間も考慮すべきというのが私の考えです。

ただここで忘れてはならないのは、殺人犯が消し去った時間は、「未来」だけではないということです。被害者がそれまで生きてきた「過去」をも消し去っているのです。

八十年を生きてきた老人は、それまでの人生で得た多くの経験や知識を持っています。素晴らしい思い出とともに喜びや悲しみを持っています。人間とはそうしたものの総合物です。

老人を殺すということは、それらを一瞬で消し去る許されざる行為なのです。老人を殺せば罪が軽いという考え方は成り立ちません。

殺人の話のついでに、もうひとつの凶悪犯罪である強姦についても考えてみましょう。強姦は「魂の殺人」と言われるほどの恐ろしい犯罪です。被害者の女性（必ずしも女性とは限りませんが）に大きな心の傷を残し、しばしばＰＴＳＤ（心的外傷後ストレス障害）を発症させ、事件後、何年にもわたって苦痛や生活機能の障害をもたらすこともあります。

この強姦の量刑も基本的には百年以上も前の明治四十年に作られた刑法のものと大きく変わっていません。二〇〇四年と二〇一七年の改正で法定刑の下限がわずかに三年増えただけです。

しかし平均寿命がこの百年で約二倍近くに延びたということは、被害者の苦しみの時間も二倍近くに引き延ばされたと言えます。つまり被害者の心に大きな傷を残すような事件も、平均寿命の延びとともに量刑を重くすることを考慮すべきなのです。

刑法と犯罪の話はここまでにして、話をもう一度「時間」に戻しましょう。

私たちが日常生活で接する、金、仕事、物、努力などの価値や価格は、すべて「時間」で決まっているということは、これまでに述べてきた通りです。つまり私たちにとって何より大切なものは、金でも物でも不動産でもなく、「時間」ということです。

しかし私たちは金や物に惑わされ、一見ありあまるほどあると思われる時間の大切さを見失っています。

重要なことは、自分の生活を「時間」を基準にして見つめ直してみるということです。そうすれば人生が全然違うものに見えてくるはずです。

「才能」とは、
同じことを
他人よりも
短い時間でやれる
能力である

「才能」も尺度は時間

「才能」や「能力」も「時間の価値」という観念から見ることができます。というか、実はこれも「時間」が基準になっていることに、多くの人は気付いていません。

幼い頃に「勉強ができる」「スポーツができる」「歌や踊りができる」といった才能に秀《ひい》でた子は、一流の学者になったり、有名スポーツ選手になったり、人気スターやアイドルになったりしますが、この「才能」とは何かということを、皆さんは考えたことがありますか。「才能」を定義づけするとしたら、どのようなものだと思いますか。

私の「新・相対性理論」によれば、「才能とは、同じことをするのに、他人よりも短い時間でやれる能力」と定義できます。

たとえば普通の人が三時間かけてやることを一時間でやってしまう。あるいは十年かかることを数日でやってしまう。これは別の見方をすれば、他人よりも多く時間を使えるということです。

普通の人の半分の時間で作業を終えてしまえる人は、同じ時間を与えられた場合、普通の人の倍の作業がやれるということです。その能力を極端に持っている人が「天才」と呼ばれる人たちです。私たちが逆立ちしても勝てないわけです。

名演奏家に大器晩成はない

この最も極端な例が、楽器演奏に見えます。クラシックの一流ピアニストやヴァイオリニストは幼い頃の英才教育でしか育たないというのは常識となっています。現代の一流ピアニストやヴァイオリニストのすべては、幼い頃は神童です。逆に言えば神童でなければ一流にはなれないということです。私のような凡人には悲しい現実ですが、クラシックの名演奏家に大器晩成はありません。

その理由はまだ脳生理学で完全に解明されていませんが、幼児期の脳の成長と深くかかわっていることは間違いないようです。つまり幼児期はピアノやヴァイオリンの楽器演奏の能力が急速に伸びる時期なのです。

このことは私たちも経験的に知っています。大人になってからピアノやヴァイオリンの練習を始めても、なかなか上手《うま》くなれないからです。

それだけにピアノやヴァイオリンを上手くなろうと思えば、幼児期にしっかりやっておくほうがいいのです。というか、効率が全然違います。幼児期の一時間は大人の数時間、いやもしかすると数十時間に匹敵します。言うなれば「黄金の時間」です。ピアノやヴァイオリンは極端な例ですが、実は「黄金の時間」は誰しも持っています。皆さん、子供時代を思い返してください。幼い頃には上達も物覚えも早かったでしょう。そう、スポーツも学業も同じです。まさに「鉄は熱いうちに打て」というやつです。

私たちの社会では、天才、あるいは才能や能力のある人は高く評価され、またそれに見合うだけの報酬を受け取りますが、それは私たちが潜在的に、「時間の大切さ」を知っているからに他なりません。時間の使い方が異常に上手いともいえる「天才」は、だからこそ多くの人の尊敬を集めるのです。私たちの周囲でも「仕事ができる」と言われる人の多くは、仕事が早い人です。

「努力する人」は時間の投入に優れた人

ところで、読者の中には「才能」には「努力」で対抗できるんじゃないか、と思われる人もいるかもしれません。

たしかにそれは間違いではありません。普通の人の半分の時間でやれる「才能」ある人に対しては、倍の時間をかければ並ぶことができます。三倍の時間をかければ追い抜くことができます。けれどもそうやって努力できるのも、実は「才能」なのです。

人間というものは、筋肉を使うと疲労しますが、実は脳も精神も同様で、使いすぎると疲労します。そうなると効率も落ちます。これは「時間」が私たちに与える負荷です。

ところが中には、いくら筋肉や脳や精神を使っても、たいして疲労せず、また効率も落ちない人がいます。また異常に回復が早い人もいます。そういう人は普通の人以上に努力することが可能です。これは「時間に打《う》ち克《か》つ人」とも言えます。私たちの社会では、当然ながらそういう人も評価されます。

つまり「才能ある人」というのは時間を短縮することに優れた人であり、「努力する人」というのは時間を投入することに優れた人と言えます。

人がある業績を残した場合、それが才能によって為《な》されたものか、努力によって為されたものかは、実はほとんど区別されません。どちらにしても、その結果というのは、その人物の「時間」の使い方にあるというわけです。ウサギであろうとカメであろうと、ゴールに辿《たど》りつけばいいのです。

前に私は、人は皆、生活のために自分の時間を売って生きていると書きました。同じ時間を売るなら、少しでも高く売りたいというのは当然です。

人はそのために子供時代や少年時代に、自分の価値を高める努力をします。これは「時間」の投資と考えることができます。自らの「時間」の価値を上げれば、それを高い価格で売ることができるからです。

たとえばプロ野球のイチロー選手は、アメリカのメジャーリーグで大活躍し、巨万の富を手にしましたが、彼が小学校三年生から六年生まで、雨の日も雪の日も、一日も休まずに父と一緒にバッティングの練習を続けたのは有名な話です。

もちろん彼には野球の才能が抜群にありました。その才能ある少年が、野球のために子供時代の時間をたっぷりと注ぎ込んだのです。これは時間を株に例えれば「買い」です。彼はひたすら「黄金の時間」を買いまくったのです。その総額は大変なものになりました。その結果、後に「売り」に回ったときに、とてつもない額になったというわけです。

これは野球に限らず多くの分野で言えることです。私たちもまた、成人してから「時間」を少しでも高値で売却するために、若いときから多かれ少なかれ、「時間の投資」を行なっています。勉強もその一つと言えます。

人類が戦い続けてきたのは「早さ」と「重さ」である

天才は多作する

前項で「『才能』とは時間を短縮する能力」であると書きましたが、実はこの「時間短縮」は人類が潜在的に持っている願望です。

人類がこれまでに為してきた偉大な発明品のすべては「時間を短縮するためのもの」であると、私は前に書きました。

有限の寿命しか持たない人類にとって、仕事や作業に要する時間を短縮することができれば、それだけより多くの「楽しい時間」を使うことができ、つまり「長生き」できるのと同じことだからです。

だからこそ時間短縮能力が極めて高い「天才」は多くの人の尊敬を集めるわけです。「天才は多作する」という言葉があります。洋の東西を問わず、偉大な作家、作曲家、画家、漫画家などは、素晴らしい作品を量産します。『人間喜劇』で知られるバルザック（九十篇を超える小説）、「音楽の父」バッハ（千曲以上）、神童モーツアルト（三十五歳の生涯で六百曲以上）、「浮世絵の巨人」葛飾北斎（三万点以上）、抽象画の世界を変えたピカソ（版画だけで十万点）など、常人には理解できない創作数の天才はいくらでもいます。

また日本を代表する天才漫画家である手塚治虫や藤子不二雄の作品数は、一生の間にこれほどの量を描けるのかというくらい膨大なものです。

もちろん彼らの中に、豊富なアイデアとマグマのような創作欲があるのはたしかですが、優れた発想を作品という形にする作業において、普通の人よりもはるかに短時間で行なう能力があったのです。だからこそ、これほどの多作が可能となったわけです。私のように、発想そのものが出ない上に、それを形に変えるのに四苦八苦する凡百の作家からすれば羨《うらや》ましい限りです。

ちなみに私は「寡作《かさく》の天才」というものを認めていません。いかに優れた作品でも、それを生み出すのに多くの時間を要するようなら、それは普通の才能です。もちろんこの意見には反論があることでしょうから、これ以上は語らないことにします。なお付け加えると、多作でないという点からしても、私は天才とはほど遠い位置にいます。

スポーツは「時間との戦い」

またクリエイターの世界に限らず、他のジャンルでも、普通の人よりも短い時間でやることができれば、それだけで実は多くの人の尊敬を獲得できます。

その典型がスポーツです。実はすべてのスポーツは基本的に「時間との戦い」なのです。

トラック競技は「同じ距離をどれだけ短い時間で移動できるか」を競うものです。つまりこれもまた「時間を短縮する能力」を競っているわけです。人々が彼らを賞賛するのは、実はその筋力に対してではなく、時間短縮能力に対してなのです。

槍《やり》投げや砲丸投げは違うではないか、と言う読者がいるかもしれません。しかしこれもその起源を考えれば、やはり同じだとわかるはずです。投擲《とうてき》はもともとは「狩り」（あるいは戦争）で使われた技術です。つまりより遠くへ投げることができる能力は、短時間に多くの狩りができる能力（あるいは敵を倒す能力）に比例するというわけです。

アーチェリーや射撃も同様です。的に多く命中させる能力が高いということは、標的（動物や人間）を短時間に倒す能力が高いということです。つまりこれも実は「時間」がテーマになっているのです。

もちろんすべてのスポーツに「目的が時間短縮である」という定義が当てはまるわけではありません。近代に入って、複雑なルールや構造を持つ競技が多く編み出されたからです。にもかかわらず、多くのスポーツは「時間との戦い」がベースにあります。サッカーやラグビーも、言ってみれば、相手よりも短時間に点数を取ることを競うゲームです。野球にしても、走塁のアウトやセーフは時間を競うものです。そして名選手の基本はスピードがあることです。スピードというのは「時間比」であることは言うまでもありません。

余談ですが、スポーツのもう一つのテーマは「重力との戦い」です。この本の主題からは外れますが、話のついでに、「重力」について少し語ることにしましょう。

人類のもう一つの敵、「重力」

実は人類は地球上に誕生したときから、二つの大きな敵と対峙《たいじ》してきました。その一つが寿命を制限する「時間」であり、もう一つが行動を制限する「重力」です。私たち人類はこの二つの敵と戦い続けてきました。人類の進歩はそれゆえになされたのかもしれません。

前記の投擲競技は重力に逆らっての戦いですし、走り高跳びや三段跳びなどの跳躍競技は重力との直接対決と言えます。飛び込みやスキーのジャンプも重力に逆らって技や美を競う競技という見方もできます。体操競技やフィギュアスケートを見て美しく感じたり感動したりするのも、彼らのパフォーマンスが重力に立ち向かっているからです。

もちろん球技スポーツが素晴らしいのも重力と戦っているからです。

ここまで読まれて、「私はスポーツもしていなかったし、人生でとくに重力とは戦った記憶がないけどなあ」と言うあなた、それは勘違いです。幼いころにハイハイをしていたあなたが、重力に逆らって初めて立ち上がり歩いたときの喜びの記憶がないだけです。しかし、いずれは年老いて足が弱ったときに、重力との厳しい戦いに直面することになるでしょう。女性読者の皆さんの中には、美容面で重力との戦いを実感されている方もおられるかもしれません。

そもそも私たち人類が高血圧や心臓病に悩まされるのも、遠い祖先が重力に逆らって二足歩行を始めたことにより、心臓の位置が高くなったことで循環器に負担がかかるようになったからだと言われています。つまり私たちは生まれたときから、「時間」だけではなく、「重力」とも戦い続けてきたというわけです。私たちが空を自由に飛ぶ鳥に憧れてきたのはそのせいかもしれません。

これも余談になりますが、重力は時間の流れを変化させることが物理学の世界ではよく知られています。強い重力を持つ物体の周囲の時計は、それ以外の場所の時計と比べて進みが遅くなるのです。人類が「時間」と「重力」の二つと戦ってきたのは、もしかしたら何か意味があったのかもしれません。私たちはパソコンの速度が遅いときに「重い」と言いますが、もしかしたら無意識に「時間と重力」を意識しているのかもしれません。

「重力」の話はこれくらいにして、次章では再び「時間」の話に戻りましょう。

第3章　時間はあらゆるものに交換可能

社会は「時間の交換」によって成り立っている

最も幸福な生き方とは

第2章で私は「私たちは有限である『時間』を売って生活している」と書きました。生活するということは、他人の「時間」を買うという行為でもあります。

私たちが食べる米や野菜にしても、農家の人たちが自分の時間を使ってこしらえたものです。肉や魚も、酪農家や漁師が自分の時間を使って供給したものです。工場で作られる加工食品も同じです。それらの価格は、それが作られた時間が基準になって付けられています。より多くの時間をかけたものほど価格が高いというのも前に書いた通りです。

また私たちが「楽しみ」と位置付けているものの多くも、他人の時間を買ったものであるということも、前に書きました。プロスポーツ観戦、コンサート、芝居、寄席《よせ》、映画、旅行、レストランでの食事などです。結局、私たちの社会、そして私たちの人生は「時間の交換」によって成り立っているのです。つまり「金」や「物」は、実は「時間を交換するための道具」に他ならないのです。

さて、そのことに気付くと、私たちはどんなふうに生きれば最も幸福であるのか、という命題にぶつかります。もしも生まれたときから無尽蔵に金があれば、自分の時間を他人に売ることなく、一生、他人の時間を買って生きることが可能です。やりたいことをやり、行きたいところに行き、買いたいものを買い、食べたいものを食べ、美女やイケメンを侍《はべ》らせ、あらゆる面倒なことは他人にやらせることができます。

ただ、そんな人生が幸せであるかどうかは、大金持ちでない私にはよくわかりません。それにそんな特殊な例外を考える意味はないと思います。

しかし、それとは逆に「生活のために自分の時間をひたすら売ってばかりの人生」は悲しいものであるのはたしかです。金がすべてではありませんが、現代社会において、自由かつ喜びに満ちた生活を送るためには、やはりいくらかの金は必要です。

胡椒のためにインド航路を発見したヴァスコ・ダ・ガマ

これまで述べてきたように、「豊かな生活」とは、他人の時間を買えるゆとりのある生活です。だからこそ、多くの人が少しでも多く金を稼ぎたいと思って頑張ります。

極端なことを言えば、人類が進歩したのはその動機があるからです。シルクロードが拓《ひら》かれたのも、その道を通って商売をすれば、金が儲《もう》かるのではないかと考える人が数多くいたからです。ヴァスコ・ダ・ガマがインド航路を発見したのも、当時のヨーロッパでは高価だった胡椒《こしょう》を手に入れるためでした。そのために彼らは自らの「時間」を投資したのです。それはひとえに投資した時間の何倍もの時間が買えるという目論見《もくろみ》があったからです。

余談ですが、胡椒が必要だった理由は、肉の臭みを消すためです。昔のヨーロッパでは、家畜用の牧草を備蓄することができなかったので、秋に多くの家畜を処理し、その肉を保存していたのですが、冬の間に多くは腐りました。それでも当時の人々は我慢して食べていたのです。ところが、その臭みを消し、更に殺菌効果もあるスパイスがアジアからもたらされたのです。それが胡椒です。

しかしシルクロードを通って何人もの商人の手を経るうちに、ヨーロッパに着いた頃には非常に高価なものになっていました。一説には、同じ重さのゴールドと同じ価格だった時代もあったようです。つまりこれも時間をかけた分、価格が上がったというわけです。しかしインド航路が発見されたことで、胡椒の輸送時間は大幅に短縮され、価格も大幅に下がりました。

ちなみにヴァスコ・ダ・ガマは、ポルトガル王から貴族の称号を与えられました。さらに終身インド艦隊総司令官、インド提督に任命され、莫大な報酬と年金を賦与《ふよ》されました。これは言い換えれば、彼は自分の時間を困難な航海に投資し、その成功によって、多くの他人の時間を買うことが可能になったということです。

結局、文明の進歩というものは、究極的には、個人の「時間の投資」によって為《な》されてきたのかもしれません。

人生の意味を見失った「ウォール街の魔女」

ただ、誤解してもらいたくないのですが、「金を手に入れること」＝「他人の時間を買うこと」ではありません。これはよく似ていますが、実は別のものです。その違いを如実《にょじつ》に示すのが、「守銭奴」と呼ばれる人たちです。

世の中には、金を稼ぐのに夢中になって、その金を使おうとはしない人がいます。彼らはまるで人生の目的は金を稼ぐことだと思っているように見えます。

そんな代表的な人物に、かつて「ウォール街の魔女」と呼ばれたヘティ・グリーンという女性がいます。彼女は十九世紀から二十世紀初頭にかけて活躍した投資家で、その生涯で貯《た》めた金は一億二千万ドルです。現在の貨幣価値に換算すれば一兆円くらいでしょうか。彼女はそれだけの資産を持ちながら、まったく使うことはありませんでした。三十歳ごろから八十一歳で亡くなるまで、一着のドレスしか着ませんでした。食べるものも、毎日、ゆでた豆とパン一枚、生の玉ねぎです。住む家も安アパートを転々とします。すべて無駄な金を一ドルでも使いたくなかったからです。

毎日、株式の動きを見るために経済新聞を読むと、それを息子に売りに行かせました。ある日、その息子が足を怪我《けが》しましたが、彼女は治療代を惜しんで放置し、結果、息子の足は切断となりました。

ヘティは嘆いたそうですが、どうにもなりません。金ならばなくしたところで、取り戻すすべはありますが、失った足はどれだけの金を積んでも戻ってはきません。

結局、彼女は莫大な遺産を残して亡《な》くなりましたが、その生き方を見ていると、彼女の人生とは何だったのかと思います。有限である「時間」をひたすら「金」に換えただけの人生にどんな意味があったのでしょうか。

もっともヘティにとっては預金通帳の残高が増えていくことが、何よりの楽しみであったのかもしれません。

「私にとってはそれが豊かな人生なのだ」

と言われれば、反論する言葉はありません。それが彼女の価値観なのですから。しかし使わない預金通帳の額など、何の意味もないと、私のような庶民は思います。

使わない金は石ころと同じである

ラ・フォンテーヌの皮肉な寓話

金を貯めるだけ貯めて死んだヘティ・グリーンの人生に心を馳《は》せるときに思い出すのは、ラ・フォンテーヌの『寓話《ぐうわ》』です。十七世紀のフランスの詩人であったラ・フォンテーヌ（「すべての道はローマに通ず」ということわざを残したことでも知られます）は、人生や社会の真理を皮肉たっぷりに寓話として描いた人ですが、その中にこんな話があります。

あるところに、何の贅沢《ぜいたく》もせずに、ひたすら金を貯めることを生きがいにしている人がいました。そして貯めた金を山の中に埋めて隠していました。ところがある日、その金が盗まれました。

嘆き悲しんでいる彼のそばを通りかかった男が、何を悲しんでいるのかと尋ねました。すると彼は金を盗まれたことを言いました。

男は重ねて尋ねました。

「なぜ、こんな山の中に隠していたんだ。家の中に置いていれば、すぐに使えるのに」

するとと彼は答えました。

「使うなんてとんでもない。使えば減ってしまうではないか」

通りすがりの男は言いました。

「それなら盗まれた金の代わりに石を置いておけばいい。使わない金なら、同じことだろう」

何とも人を食った話ですが、私はこの寓話に「時間」を「金」に換えることが目的化したときの空虚さを見ます。「金」は豊かな生活を送るための手段であって、決して目的ではありません。

有限である「時間」を他人に売って「金」に換えたにもかかわらず、それをほとんど使わなかったというのは、「時間」を「金」に交換するためだけに使った人生と言えるでしょう。

メキシコの漁師とアメリカのビジネスマンの話

「金」の価値が尊ばれる現代社会では、それを手に入れることが人生の目的と錯覚してしまう人が少なくありません。「金」は自分の時間を売って手に入れているものですが、その時間は有限であるということを、人はつい忘れがちです。

「時間と金と豊かな生活」について、もうひとつ有名な小話を思い出しました。多分、読者の皆さんも聞いたことがあると思いますが、こんな話です。

メキシコの小さな漁師町の桟橋に、アメリカからやってきたビジネスマンが立っていました。そこに漁師が船で帰ってきました。船の中には獲《と》ってきたばかりの新鮮な魚が少しだけ入っていました。

ビジネスマンは漁師に尋ねました。

「その魚を獲るのに何時間くらい漁をしたのか」

「ほんのちょっとの時間です」

と漁師は答えました。アメリカ人は尋ねました。

「どうして長い時間、漁をして、たくさんの魚を獲らないのだ」

「家族が食べる分があれば十分です」

「余った時間は何をしているのだ？」

「たっぷり寝てから漁に出て、子供と遊び、妻と過ごす。それから村へ行き、仲間と酒を飲み、ギターを弾く。忙しい人生なんですよ、セニョール」

アメリカ人は呆《あき》れて笑いました。

「私はハーバード大学を出てMBAも取得している。その私が君にアドバイスしてあげよう。まず君はもっと長い時間漁をするべきだ。たくさん魚を獲って、金を稼ぎ、もっと大きな船を買う。そうすればもっと稼げるし、船を二艘《そう》三艘手に入れることができる。やがて船団を率いて、大量の魚を獲る。そうすれば、缶詰工場を作って、製品に加工して大量に売りさばける。そうしたら、この漁村を出て、もっと大きな都会に行き、やがてはニューヨークに住んで、大きな会社を作って、それをさらに大きなものにするんだ」

アメリカ人のアドバイスを聞いた漁師は尋ねました。

「そこまでなるのに、どれくらいの時間がかかりますか、セニョール」

「二十年から二十五年かな」

「その後は何をするんですか？」

「タイミングが来たら、株式公開して市場に株を売る。すると億万長者になれる」

「億万長者になって何をします？」

するとアメリカ人は得意そうに言いました。

「引退して、小さな漁村にでも移り住んで、そこで子供たちと遊び、妻と過ごし、仲間たちと酒を飲んで、ギターを弾くのだ。どうだい、素晴らしいだろう」

他愛のない小話ですが、私の好きな話です。ここには、豊かな人生って結局なんなんだろうと考えさせるものがあります。

世の中には、若くして億万長者になる起業家もいますが、それは特別な例外で、多くの金持ちは人生の晩年になって大金を手にします。若い時は、金があれば、あれも欲しい、これもしたい、という欲がいっぱいですが、人生の晩年に差し掛かってみると、そういう欲の多くはどこかへ消えています。その時、一番大事なものは、金ではなく時間であったと気付くというわけです。

人生の魅力は人それぞれ

でも誤解しないでもらいたいのは、金を稼ぐことを無意味だと言っているのではありません。

前述の小話の中に出てくる、ニューヨークで起業して成功する生き方も、人によっては大いに魅力ある人生なのです。生き馬の目を抜くビジネスの世界で成功を収めるのは、エキサイティングかつスリリングで、それ自体が「豊かな生活」という見方もできます。多分そういう生き方に魅力を感じる人にとっては、本当の目的は「金」ではなく「成功」なのでしょう。

自分のことで面映《おもは》ゆいのですが、私は金を稼ぐためにものを書いていますが、決して金だけが目的ではありません。「いいものを書きたい！」「人を感動させたり、面白がらせるものを書きたい！」と思っています。その上で金を稼げれば、言うことなしですが。

余談ですが、前述のヘティ・グリーンの莫大な遺産を引き継いだ息子は、母と違って凄《すさ》まじい浪費をしました。

豪邸を建て、豪華客船を買いました。驚くのは、マサチューセッツ工科大学の教授を招き、「粒子の加速器」を作らせたことです。加速器を作るのは広大な土地とばく大な金額がかかります。もはや金持ちの道楽を超えています。にもかかわらず、彼もまた母に似て投資の才があったらしく、世界大恐慌の中でも財産を減らさなかったといいます。

そんな彼には子供がなく、彼の死後、遺産は妹（ヘティの娘）のものとなりましたが、彼女にも子供がなく、死後、その遺産の大部分は国庫に納められましたとさ、チャンチャン。

私たちが所有している
すべての品物は
「時間」を
換えたものである

道具と人間の切っても切れない縁

前項で、私は「時間」を金に換えるだけの人生は空《むな》しいと書きましたが、では、金を通じて「時間」を物に換えるのはどうなのでしょう。

物は金とは少し違います。ホモ・サピエンスが他の動物と違うところはいくつもありますが、そのひとつが道具を作って使うところです。道具の多くは実用品ですが、中には実用を離れて、別の意味を持つ道具もあります。たとえば衣服は寒さや怪我から身を守るためのものですが、現代社会の衣服はもともとの目的を離れた意味の方が大きくなっています。帽子や靴も同様です。

腕時計の目的も、本来はいつでも正確な時間を知ることですが、腕時計の中には、装飾品的な要素やステイタスを示すためにあるものも少なくありません。

日本刀は戦場で人を殺すために作られた道具です。そのため丈夫で長い刀が作られました。しかし戦国時代が終わって戦のない江戸時代に入ると、本来の目的は後退し、華奢《きやしや》で軽くて美しい刀が作られるようになりました。現代でも日本刀の熱狂的なファンは少なくありませんが、人を殺す目的で購《あがな》う人は滅多にいないでしょう。

というわけで、道具はいつのまにか本来の目的をはずれて趣味や道楽の意味合いを持つようになりました。実は道具こそ、人類が万物の霊長となることを助けたものに他ならず、人類とは切っても切れない縁で結ばれたものです。だからこそ人は道具に惹《ひ》かれるのかもしれません。皆さんも、愛用のグッズが身の回りにあるでしょう。そうしたお気に入りの品や道具は、私たちを豊かな気持ちにしてくれます。だからこそ、貴重な時間を売って手に入れた金で、それらを購うのです。

「コレクション」の持つ本当の意味

ところがそうしたグッズの中に、少し毛色の変わったものがあります。俗に「コレクション」と総称される類《たぐい》のものです。切手、絵画、稀覯本《きこうぼん》、フィギュア、クラシックカー、映画のパンフレット、プラモデル、万年筆——とまあ、コレクターが集めるものは数限りなくありますが、これらのコレクションに共通するのは、実用品でありながら、飾ったり実際に使ったりすることは滅多にないところです。

日常的に愛用しているバッグや、ここ一番で着るお気に入りのドレス、ふだんから乗り回している愛車などとは違い、コレクションの品々は、ただ取り出して、眺めて楽しむだけのものがほとんどです。ジーパンやスニーカーのコレクターには、未使用にこだわる人もいます。するとここで不思議なことに気が付きます。ただ眺めているだけで満足するなら、高い金額を出して購入せずとも、眺めたいときにお店に行って眺めたらいいのにということです。

今、この本を読んでおられる方から、一斉に「それは屁《へ》理屈だ！」というツッコミの声が聞こえてきたような気がします。たしかに屁理屈です。コレクターにとって何よりも大事なことは、「所有している」という実感なのはわかっています。

それでも敢《あ》えて私はそのことに疑問を呈したいのです。実際に使わないグッズや滅多に触れたり見たりしないものに大金を投入するという行為は、いったい何だろうと考えます。もっとも、歴史的に貴重な文化財のコレクションの場合は別です。そうした蒐集《しゅうしゅう》は文化的にも価値あるものですし、公共のためのものという側面もあります。今、言及しているのは、そうした文化的価値のあるコレクションではなく、俗にコレクターと呼ばれる人たちのコレクションについてです。彼らの中には、蒐集した品物を保管するためにトランクルームを借りている人もいます。そうなると気軽に見ることもできません。

これって前に書いたラ・フォンテーヌ『寓話』の話とどこか似ていませんか。ちなみに使われない品を「死蔵品」と呼びます。ただ「所有しているという実感」を持つ目的のためだけに、有限である貴重な時間をせっせと「死蔵品」と交換している人生は、どこか空しさを覚えます。これらの蒐集品（死蔵品）は集めた本人が亡くなると同時に、すべて他人の手に渡ります。金なら誰かが使ってくれますが、たいていのコレクションは、よほど価値のあるもの以外は、遺族も処分してしまいます。

ところで、心理学的には蒐集癖のある人の心理は「狩猟本能」「自慢するため（他人と競うため）」「強迫心理」などからきているのではないかと言われています。前の二つは男性的なもので、だからこそ、蒐集癖のある人は男性が圧倒的に多いのかもしれません。

しかし私は別の見方をしています。コレクションの品々は、自分が売った「時間」を形に換えたものではないかというものです。つまりコレクターがそれを眺めるとき、実は自分が使った「時間」を眺めているのかもしれません。

被災者の選択に「人生の問い」を見た

人の価値観は十人十色です。コレクションを所有することに喜びを見出《みいだ》し、そのために自分の貴重な時間を売ることに何の迷いもない人を否定する気はありません。

ただ、私自身は物に対する執着はありません。これはおそらく母の影響です。大正十五年生まれで、大東亜戦争を体験した母の口癖の一つは「形あるものはすべてなくなる」です。母は物を大切にする人でしたが、それが壊れたり紛失したりしても、悲しみを引きずるようなことはしませんでした。

ここで少し別の話をします。阪神淡路大震災があったのは二十七年前です。六千人を超える人が亡くなり、二十万戸を超える建物が倒壊・焼失しました。震災後しばらくして旅行代理店に勤める友人から不思議なことを聞きました。神戸、西宮といった震災で被害を受けた地域からの旅行申し込みが殺到したというのです。私は彼にどういうことかと尋ねました。彼はこう言いました。

「災害で多くの物を失って、物に対する執着がなくなったんやないかな。物よりも思い出とか感動が大切やということに気付いたんやと思う」

もちろんすべての被災者がそうではないでしょう。しかし私は彼の言葉に、重要な「人生の問い」があるような気がしました。有限の時間を持って生まれてきた私たちは、その時間を売って得た金をどう使えばいいのか、という問いです。

豊かで長い人生を送るようになった現代人にとって、この問いかけは重いものです。

言葉は人類が「時間」を超えるために作られた

人類の最も偉大な発明

言うまでもありませんが、人生は有限です。人は必ず死にます。これには例外がありません。どんな大英雄も大天才も大金持ちも寿命がきたらこの世とおさらばします。だからこそ人類は有限である「時間」と戦い続けたのです。いや戦いというのは適切な言葉ではないかもしれません。最後には必ず敗れ去る戦いと悟っていながら抗《あらが》い続けたと言った方がいいかもしれません。これまで述べてきたように、すべての発明や工夫はそのために為されてきたのです。そしてその最も偉大なものが「言葉」です。

一見、言葉と時間はほとんど関係がないように見えます。しかしそうではありません。言葉を持つことで、人類は「時間」を受け渡しできることに気付いたのです。

実は人類以外の動物も「言葉」を操ることが知られています。哺乳《ほにゅう》動物や鳥などは鳴き声などでコミュニケーションを取りますし、イルカやクジラは水中で超音波のようなものを出して意思の疎通をはかっています。またコオロギのオスは羽根をこする音でメスを呼び寄せたりしますが、これも広い意味で「言葉」と言えるでしょう。

ところが人類の言葉は単に意思を伝えるだけのものではありません。他の動物と決定的に違うのは、知識を伝達することができるということです。

他の動物は自らが経験して得た知識を仲間に伝えることはできません。どれほど貴重な経験をしても、それが生かされるのはその個体が生きている間だけです。もっとも、記憶能力が低い動物は知識の維持さえできません。しかし人類は経験で得た知識を仲間に容易に伝えることができます。

よく考えてみれば、これは凄《すご》いことです。皆さん、想像してみてください。まだ言葉というものを持たなかった原始人が、自分の頭の中にある抽象的な概念を他人に伝えることの困難さを。最初は身振り手振りや表情だったでしょう。それにより感情は伝えることが出来たでしょうが、それ以上の高度な情報を伝えるには、「言葉」を発明するしかありません。世界には何千という言語があります。それは民族ごとに違うからです。すでに滅んだ民族や言語を考えると、数万年の歴史の中でどれくらいの言語が生み出されてきたのか想像もつきません。

私はこの意味を考えました。なぜ、人類は自分の知識を他人に与えようとしたのか、と。

ある男がある貴重な体験（経験）をしても、それを誰にも伝えなければ、その知識は彼の肉体の消滅（死）とともに消えます。しかしそれを誰かに伝えたならば、その知識は時間を超えて仲間に伝わります。つまり、有限であるはずの時間が、知識の伝達によって引き延ばされるのです。

本来はその死によっていったんリセットされるはずのものが、そうはならず、次の世代に受け渡されていくのです。テレビゲームのロールプレイングゲームでは、主人公が死んでもそれまでの経験値などが残されて再ゲームが可能ですが、それと似たようなことが人類の歴史でも行なわれてきたのです。もちろんテレビゲームのように、同じ主人公ではありませんが、「人類」という主人公は同じです。それを可能にしてきたのが「言葉」なのです。そしてそれこそが、人類が他の動物と一線を画す「万物の霊長」と呼ばれる存在になった一番大きな理由です。

本来は時が経《た》つにつれて薄れていく記憶が、他人に伝えることによって、より長い時間残っていくことになったのです。そして、その伝達は種族内の共通の知識となり、世代をまたいで次に伝わることになりました。ある人が十年の経験で得た知識を誰かに伝えた瞬間、それを受けた者は、その経験と知識に関しては十年の時間を得たとも言えます。その知識をもとに、さらに十年の経験と知識を重ね、それを誰かに伝えれば、その人は二十年の経験と知識を得たことになります。それらの知識は時を超えて伝えられ、やがて人類全体の壮大な記憶となりました。

これは驚くべきことです。本来、個としてはわずか数十年の時間（寿命）しか与えられなかった人類が、有限の時間の壁を越えて、多くの知識を数万年の壮大なバトンリレーで伝えることに成功したのです。まさに「時間」を打ち破ったのです。

ちなみに最近、現生人類であるホモ・サピエンスが誕生した頃、同時代に生きていたネアンデルタール人について、解剖学的な見地から新しい仮説が出されたそうです。それは、ネアンデルタール人は声道の形状から発声が上手にできなかったのではないかというものです。もしそうなら、彼らは知識の伝達能力においてホモ・サピエンスに後れを取った可能性が高く、そのことが生存競争に打ち勝てなかった原因ではないかという考え方もできます。もっともそれはまだ仮説の段階ですが、興味深い話です。

画期的大発明である「文字」

言葉は人類の大発明ですが、それ以上の発明は「文字」です。これはもしかしたら非常に特異なもので、あるいは人類史上最大の画期的な発明と言えるかもしれません。というのは、世界に「言語」は無数にありますが、「文字」は極めて少ないからです。

文字の発明はせいぜい五千〜六千年くらい前です。人類の膨大な歴史から言えば、つい最近の出来事です。言い換えれば、人類は長い間「文字」を持たなかったのです。

ちなみに日本は弥生《やよい》時代まで文字を持たず、四世紀後半に中国大陸から漢字が伝わって初めて文字を使うことができました。約一万年の縄文時代において、しかも非常に優れた社会でありながら文字を持つことがなかったのです。また高度な文明を持ったインカ帝国はついに最後まで文字を持ちませんでした。近代に至るまで文字を持たなかった民族は世界中にいます。文字の発明というのは決して普遍的なものではないのです。

「文字」は、知識の伝達力、速度、広がりにおいて、それまでの「言葉」に頼っていたのとは比べものにならないほどの威力を発揮しました。さらに凄いことに、知識を保存することも可能となったのです。

つまり人類は「文字」を発明することによって、進化のスピードを飛躍的に早めたとも言えます。「文字」を持った民族が「文字」を持たない民族に比べて文明を発達させるスピードに変化があったのも当然です。

それを考えると、「言葉と文字」が「時間」を打ち破ったというのが理解できると思います。個人の経験と知識が、後の人々の時間を変えることが可能になったのです。

私が「言葉」こそ、人類の大発明であると言った理由はそこにあります。

人類が「時間」の壁の前に敗れる時

人類はなぜ「戦争」という過ちを繰り返すのか

前項で書いたように、人類は「言葉と文字」の発明によって知識の伝達と保存に成功し、「時間」の壁を打ち破りました。

皆さん、ここで学校生活を思い返してみてください。私たちが高校までで習う知識の総量はどれくらいになるのか、と。そこにはまさしく人類がこれまで得てきた膨大な経験による発見や発想や知識があります。たとえば、この保存庫を使えば、天才ニュートンが確立した微積分なども数時間で身に付けることができるのです。

私たちの生活は驚異に満ちたものです。何億年も地中深くに眠っていた化石を燃やしたりウランを核分裂させたりして電気を生み出し、それにより様々な機械を動かします。寒い冬でも部屋を暖かくし、逆に暑い夏には部屋を涼しくします。車で一日に何十キロも移動し、飛行機や船を使って世界中のいたるところに行くことができます。また地球の裏側にいる人と顔を見ながら話もできます。野山を田畑に変え、効率的に穀物や野菜を生み出し、食料となる家畜を大量生産します。

古代人から見れば、夢のような暮らしですが、これを可能にしたのも「言葉による知識の伝達と保存」があったからです。

ところが、これほどの経験と知識を学びながら、私たちは先人がやった同じ過ちを何度も繰り返します。たとえばことわざには、人生訓の宝庫と言えるほどの経験が詰まっています。また過去の偉人が残した素晴らしい箴言《しんげん》も無数にあります。私たちはそれを有効に使うことができるはずなのに、それができないばかりか、しばしばそれに反する行動を取ってしまいます。先人たちが残した素晴らしいアドバイスとマニュアルを少しも生かせないことが珍しくありません。

これは個人レベルの話だけでなく、人類全体を見渡しても頻繁に見られます。その最大のものは戦争です。この二千年を振り返るだけでも、人類は数えるのも嫌になるくらい戦争を繰り返しています。戦争が終わるたびに、後の人たちは同じ過ちを繰り返さないために、その原因となったものを探り、反省点と教訓を見出します。ところがその結果は見るも無残なものになっています。

二十世紀初頭、列強は未曾有《みぞう》の世界大戦を経験しました。三十以上の国が争うという人類史上最大の戦争で夥《おびただ》しい数の人が犠牲となりました。誰もがこんな戦争は二度と御免だと思いました。その結果、人類は初めて国際連盟まで作ったのです。にもかかわらず、それからわずか二十年あまりで、人類はそれ以上の世界大戦を行なったのです。犠牲者の数は前回の世界大戦をはるかに上回るものでした。そしてその後も人類は相変わらず戦争を続けています。これはなぜなのでしょうか。経験と知識を積み重ねているのに、なぜ同じ失敗を繰り返すのでしょうか。

それは人の寿命が短すぎるからなのです。

たしかに知識は先人のものを吸収できます。いかに膨大なものでも、私たちの大脳はそれを入れる容量があります。数万年分もの整理された知識をそっくり入れる――これは驚異的な能力です。私たちは知識に関しては数万年分の進歩の地点からスタートすることができるのです。

ところが、心の成長は常にゼロからのスタートです。私たちは乳幼児から大きくなるにしたがって、感情や性格が作られていきます。これに関しては、数万年の知識を入れたところでほとんど役に立たないのです。もちろん道徳や倫理といった知識は教育によってある程度の成果を得させることが可能です。しかし感情を完全にコントロールすることはできません。

そう、人類が完璧《かんぺき》な人格を作るのには、八十年の寿命では足りなかったのです。

「時間」による復讐

私はこのことに気付いたとき、絶望的な気持ちになりました。あれほど時間と戦い、それを打ち破ってきた人類が、「他人の物を奪いたい」「憎悪する相手を殺したい」という動物的な欲望を制御することは十分にはできなかったのです。もちろん個人的にはそうした欲望を抑えることができる人がほとんどです。しかし個人が集まってできる国家という総体になったとき、そうした欲望と憎悪をしばしば抑えることができなくなるのです。

私は、これは「時間」による復讐《ふくしゅう》ではないかという気がします。もしかしたら時間は私たちにこんなことを言うかもしれません。

「人間たちよ、お前たちは私に勝ったつもりでいるが、お前たちなど所詮《しょせん》は八十年足らずの命にすぎない。いくら知識を蓄えたところで、それを完全に使いこなすには寿命が足りないのだ」

時間はさらにこう言って嗤《わら》うかもしれません。

「お前たちは長年かかって時間の謎《なぞ》を解き明かし、さらに $E = mc^2$ の理論まで編み出し、ついには原子爆弾まで作り出した。しかしそれを使わないための知恵と自制心は、とうとう身に付けることができなかったのだ」

私たちはこの「時間」の嘲笑《ちょうしょう》を否定することができるのでしょうか。

今、人類は全世界を何百回も破壊できるだけの核兵器を持っています。幸いにして、最後に長崎で使われて以降は実戦では一度も使われていません。しかし使わないものをこれほど大量に作る理由は何でしょう。

「戦争を起こさないための抑止力として保持しているのだ」という理屈をよく耳にします。これはある意味事実です。人類が第二次世界大戦以降、大戦争を起こしていない一番の理由は、大国が核を保有しているからに他なりません。最も大量に人を殺せる兵器が戦争抑止のために作られたなど、ブラックユーモア以外の何物でもありません。

つくづく人間とは矛盾に満ちた生き物だと思います。

「時間」は失った時に初めて大切さを知るもの

最終兵器は戦争を抑止できるか

私は前に「人類が発明したすべてのものは、時間を生み出すためのもの」と書きました。それなら、原爆を含む兵器の数々はどうなのか？　という疑問を感じた読者がおられるかもしれません。悲しいことですが、これもその法則に当てはまります。優れた兵器は戦争を早く終わらせることができるからです。敵を素早く殲滅《せんめつ》することが可能な兵器は、それだけ時間を短縮し、多くの時間を生み出すことができます。

つまり兵器もまた、自らが長生きするために作られたものなのです。ただし、兵器の場合、敵である人を殺すものなので、人類全体のために作られたかというと疑問ですが、少なくとも自分および家族、あるいは自分が属する集団、部族、民族、国家の「長生き」のために作られたのは間違いありません。

二十世紀に入り、人類は究極の兵器「原子爆弾」を手に入れました。これを使えば一瞬にして何百万人を殺すことが可能です。銃や大砲で同じ数の人間を殺すのは大変な労力です。その意味ではこれほど効率的な道具はありません。しかし多くの人を殺すということは、多くの人の時間を奪うということに他なりません。本来、人類の時間を生み出すために作られた道具が、時間を奪ってしまうというのは恐ろしい矛盾です。

しかし、この最終兵器が実は戦争そのものを抑止するために作られているという考え方があるというのは前項で書いた通りです。

原爆は一九四五年に広島と長崎の二度使われましたが、人類はその威力と効果に驚愕《きょうがく》しました。そして多くの国が我先にと原爆を持ちました。ところが第二次世界大戦後、世界では数えきれないほどの戦争や戦闘が行なわれてきましたが、原爆を使う国は現れていません。また第二次世界大戦に匹敵するような大戦争も起こっていません。広島と長崎でこれまで見たことのない惨状を目にした人類は、原爆を求める一方で、これを使ってはならないと考えたのかもしれません。もしそうなら、原爆こそは人類が戦争をなくすために作り出した究極の兵器と言えるかもしれません。

もっとも、この仮説が正しいかどうかは今後の歴史を見なければ何とも言えません。私の仮説が正しいことを人類に証明してもらいたいと願うばかりです。

しかしながら、人類に先人たちの経験や知識を使いこなせない未熟さがあるのはたしかです。前項で私は、人類が先人の失敗や教訓を生かせないのは、私たちの心（精神）の成長には八十年ほどの寿命では足りないからだと書きました。

知識はいくら吸収できても、心の成長はどんな人間もゼロからスタートしなければならないのです。人がその短い生涯の間に、欲望や嫉妬《しっと》や怒りをコントロールするのは無理なのかもしれません。だから過去に夥しい失敗を見て、十分すぎるほどの教訓を学んでいるにもかかわらず、戦争を繰り返すのです。

完璧なはずのマルクス共産主義

人類の心の成長が足りないゆえに起こるもう一つの悲劇の典型的な例をあげましょう。それは「共産主義」です。少し脱線しますが、共産主義について語りましょう。偉大な経済学者であったドイツのカール・マルクスは、十九世紀の半ばに共産主義という理想の社会形態を提唱しました。これはある意味で数百年に一度の画期的な発見です。

共産主義社会になれば、富の搾取《さくしゅ》はなくなり、すべての人が平等な暮らしをすることが可能になります。人々の間には階層がなくなり、差別もなくなります。そう、マルクスは人類が長い間夢想してきた理想の社会への道筋を発見したのです。

ところが、二十世紀前半に誕生した世界で初めての社会主義国家ソビエト連邦をはじめとして、その後、次々に誕生した社会主義国は、その理想社会を実現したでしょうか。悲しいことに、それを成し遂げた国はどこにもありません。ほとんどの社会主義国の元首や幹部クラスは中世の王族のような権力と富を持ち、一般大衆は貧しい暮らしを強いられました。さらに自由も制限され、共産党に反対する者は粛清されました。これはどういうことでしょう。マルクスの理論が間違っていたのでしょうか。いいえ、マルクスは間違ってはいません。彼の経済学は完璧です。しかしあまりにも完璧すぎて、人間には使いこなせなかっただけです。共産主義社会を運営する人間は、それと同じくらいの完璧な人間でなければ無理だったのです。

つまり欲望や嫉妬や怒りを完全にコントロールできる人間が運営すれば、共産主義は成功します。しかし残念ながら、人類がそんな完璧な人間になるのは八十年やそこらの時間では不可能と言えます。

長じてこそわかる井上靖の詩の深い意味

戦争や共産主義など、少し極端な譬《たと》えをしましたが、ここで再び話を「時間」に戻しましょう。先ほど私は、人類は先人たちから素晴らしい知識や経験を学びながら、それらを自家薬籠《やくろう》中のものにするには人生は短すぎると書きました。だから、先人たちが残した素晴らしい格言や箴言があるにもかかわらず、私たちは同じ失敗を何度も繰り返します。

面白いことにそれらの格言の中には、時間に関するものが少なくありません。「光陰矢の如し」「歳月人を待たず」「時は金なり」等々。先人たちは後世の私たちに時間の大切さを教えたいと思ったに違いありません。

井上靖の現代詩の中に「元旦に㈠」という詩があります。全文を引用します。

三十数年前、私は父の前に坐《すわ》って、書初めを書いた。
——少年老いやすく、学成り難し

いま、新しい年の、新しい光の中で、私の父が曾《かっ》て私に為したように、私は自分の子供たちに書初めを書かせている。
——少年老いやすく、学成り難し

そして、私の父が考えたであろうように私もまた考える。この烈《はげ》しくして、真実なる言葉を、ただ一つのこの正確なる遺産を、四人の子供の胸に刻む鋭き鑿《のみ》はないかと。

少年時代の時間の大切さを謳《うた》った見事な詩です。残念ながら、私がこの詩を知ったのは成人してからです。しかし仮に少年時代に出会っていたとしても、この詩の深い意味を汲《く》み取ることはできなかったでしょう。いや、今でも本当に時間の大切さを知っているかと問われれば、その自信はありません。前に書きましたが、現代人は映画『生きる』の主人公のように、死を間近にしたときに初めて時間の大切さを知ることになるのかもしれません。

第4章　私たちの「時間」を奪うもの

現代人が
最も恐れるのは
「退屈」である

人は何もしないでいることを嫌がる生き物

第1章で、私たちは何かの作業（労働）をする時、常に「評価」「成果」「報酬」を求めているという話をしました。それらが組み合わさったものが「達成感」と呼ばれるものかもしれません。それがモチベーションとなり、肉体的・精神的にきつくても耐えられるのです。逆に言えば、本来は楽しいことに使うためにある「有限の時間」を苦しいことに使うためには、「成果」などを含めた「達成感」が絶対に必要なのです。それゆえに第1章で書いた「穴を掘って、それを埋め戻す」という作業は、一切の達成感がないことで、囚人の心を折ってしまうというわけです。それは「時間」をただ苦しみに換えただけで、完全に無駄にすり減らしている行為だからです。

さて、そのことを踏まえて、皆さんに質問をします。現代に生きる私たちが日常生活で、金銭的にも肉体的にも脅《おびや》かされることがないのに最も恐れることのひとつは何だと思いますか。

答えは「退屈」です。現代人は退屈を非常に恐れます。同時に非常に不快なものと感じます。そう、人は何もしないでいることをとても嫌がる生き物なのです。

「いや、そんなことはない。私は何もしないでボーッとしているのが大好きだ」と反論する向きもあるかもしれません。しかしそれは仕事を終えた後や、勉強や運動を終えた後などのことでしょう。あるいは悩みを抱えていたり、苦痛に耐えている時です。それらの時間は実は何もしていないわけではありません。疲れや苦しみを癒《いや》す時間であり、精神的・肉体的にリフレッシュしている時間なのです。

私が言う退屈な時間とは、肉体的にも精神的にも充実し、悩みや悲しみもない状態であるにもかかわらず、何もしないでいる時間です。「退屈」という言葉を辞書で引くと、「することがなくて、時間をもてあますこと」「飽き飽きして嫌けがさすこと」(大辞泉)とあります。

たいていの人は、そんな時間と長い間向き合うのには耐えられません。なぜだと思いますか。それは、「有限である時間」がまったく無駄なものとしてなくなっていくからです。

何にも交換されない時間

人は無意識に自分の時間を有効に使おうとします。それは「有限である時間しか与えられていない」人間の潜在的な本能です。だからこそ、私たちは常に、時間を何かに交換します。金、物、楽しみ、喜び、評価、成果等々……これまで何度も述べてきたように、そうしたものはすべて私たちが時間と交換して得ているものです。

ところが、何にも交換されない時間とは何でしょう。これは極端な言い方をすれば、私たちの人生の中で無駄に消えていく時間とも言えます。

このことを別の譬《たと》えで考えてみましょう。読者の皆さんの中には、テレビゲームのロールプレイングゲームをなさる人がいると思います。「ドラクエ」や「ファイナルファンタジー」のシリーズが有名ですね。もしこのゲームに制限時間が設定されていたとしたらどうでしょう。ゲームの最中にお茶を飲んだりお菓子を食べたりして休憩している間もどんどんプレイする時間が食われていくとしたら――。そうなれば、ぼやぼやしている暇はないですよね。ゲーム中に決断できずに悩んだり迷ったりする時間さえも惜しいですよね。

現実の人生というのは、この制限時間付きのロールプレイングゲームのようなものなのです。ゲームよりもたちが悪いのは、制限時間が目安だけできっちりと決められていないことです。つまり、まだ時間があると思っていたら、強制的に終了させられる可能性もあるのです。

どうですか、何もしない「退屈」を無意識に恐れる気持ちを自覚できましたか。

時間はひとりでに目減りする

ここで皆さんに「時間」の持つ不思議さについてあらためて認識してもらいたいことがあります。それは、金はいくらでも増やすことができますが、時間はそうではないということです。

金は使わなければ減りません。仮に一億円の財産があれば、インフレによる目減りは別にして、使わなければ三十年後にも一億円の財産はあります。だから私たちはお金の無駄遣いをしないように努めます。ところが、時間は使おうが使うまいが減っていきます。何もしなくても、また何にも交換しなくても、確実になくなっていくのです。これが時間の恐ろしさです。そして、ある一定時間がなくなれば、人生も終わります。

私たちは日々の生活の中で、テレビや映画を観《み》たり、読書をしたり、美味《おい》しいものを食べたり、ゲームをしたり、友人とお喋《しゃべ》りをしたりします。しかし、そうした日常の楽しみは、すべて心から望んでやっていると言えるでしょうか。もちろん積極的に、しかも忙しい合間を縫って、時間を捻出《ねんしゅつ》してやっているものもあります。しかしよく考えると、何となくやっていることも少なくないはずです。

たとえば皆さんも、「明日、休みだから、何をしようかな?」と思うことがありませんか。そこで何か予定を立てて行動に移す——しかしこれって、よくよく考えてみると、やりたいことがあるのではなく、時間があるからやったということがないでしょうか。私たちが日常生活において、好んでやっていると思っていることのかなりの部分が、実は惰性で行なっている、あるいは時間が空いたからやっていることなのです。もっと極端な言い方をすると、他に特にすることがないからやっているとも言えます。

皆さんも経験がありませんか。別に観たいものがあるわけでもないのにテレビをつけたり、インターネットを開いたり、読みたい記事があるわけでもないのに週刊誌のページを開いたり、何かを買う予定もないのに街へ出たり、用件があるわけでもないのに友人に電話したり、といったことが。これらは実は無意識に「退屈」から逃れている行為なのです。細かいことを言えば、読みたいものがあるから本を読むのと、時間が空いたから本を読むのとでは、同じ行為でもそこには大きな開きがあります。

次項で「退屈」の本当の怖さについて語ります。

娯楽の多くは
退屈を恐れるために
作られた

娯楽ビジネスが隆盛を見せる理由

前項で、現代人が最も恐れるものは「退屈」だという話をしました。ある休日、たまたまテレビもスマホも故障していて、身近に本もなく、出かける金もなく、友人たちも皆忙しかったりしたら、どうでしょう。人はそこで初めて「退屈」と向き合うことになります。何もやることがないとわかった瞬間、たいていの人は軽いパニックに陥ります。というのは、その日の十数時間は人生の無駄になるからです。寿命というリミットがある中で、それまで無自覚のうちに逃げてきた「無駄に消える時間」と正面から対峙《たいじ》することになるからです。

ここで皆さんはあることに気付きませんか。それは、テレビ、映画、本、ネット、芝居、スポーツ中継などあらゆる娯楽は、すべて私たちを退屈から救うものだということです。

現代の日本はどんどん労働時間が減っています。かつては週休一日だったのが、今では週休二日。また祝日も増え、年休なども合わせると、普通のサラリーマンなら一年で約百四十日は仕事のない日があります。ちなみに一九五〇年にはわずか九日だった祝日ですが、二〇二〇年には振り替え休日も含めると十八日にもなっています。一九六〇年の日本人の年間の総実労働時間は平均二四二六時間なのに対して、二〇一八年は一七〇六時間で、三〇%近くも減っています。今後は「働き方改革」で、さらに減っていくでしょう。

つまり、現代人は自由になる時間がどんどん増えているわけです。すると今度は、その時間を奪おうとする人が増えました。現代のあらゆる娯楽ビジネスは、実は「退屈」を恐れる現代人の心に忍び寄り、その時間を使わせるものなのです。いや、もっとはっきり言えば、テレビ、映画、本、ネット、芝居、スポーツ中継などは、実はすべて私たちの時間を奪うためにあるといえます。

あてのない「ザッピング」

前に私は、人はすべて時間を何かに交換して生きていると書きました。具体的に書くと、「人は働くことで自分の時間を売って金に交換し、そうして得た金で、今度は自分の楽しみのために他人の時間を買う」ということです。

私たちがテレビや映画を観る時、本を読む時、芝居やコンサートを楽しむ時、スポーツ観戦をする時などは、タレントや演出家や音楽家や小説家やスポーツ選手などにお金を払って、彼らの時間を買っていると書きました。

しかし、本当にそうでしょうか。ここで少し見方を変えてみましょう。私たちが彼らの時間を買っているのは事実です。ただ、もしかしたら「買わされている」のかもしれないのです。もちろん好きな芝居やスポーツを観るために仕事をやりくりする人もいますし、食べたいものを我慢してお気に入りの本やＤＶＤを買う人もいます。しかしすべての人々がそんなふうに能動的に娯楽の時間を買っているわけではありません。

その代表的なものがテレビです。朝から深夜まで放送しているテレビ番組は積極的に視聴されているものばかりではありません。皆さんも、他に特にしたいことがあるわけではないから何となく見ているという番組がありませんか。

これは視聴率表からも明らかです。私は放送作家という職業柄、ビデオリサーチから送られてくる視聴率表はしょっちゅう目にします。視聴率は一分刻みで折れ線グラフで表されています。それを見ていると、人はしょっちゅうチャンネルを変えているのがわかります。面白くない場面が続くとグラフは下がっていきますし、逆に興味深い映像が出ると上がってきます。深夜番組で女性のおっぱいが出たりすると、急速に上がったりするので笑ってしまいます。これはどういうことかと言うと、視聴者がリモコン片手に常にチャンネルを変えているということです。特に見たいという番組があるわけではなくても、何となく何か面白そうな番組がないかと探しているというわけです。

リモコン片手にチャンネルを次から次へと変えていく行為は「ザッピング」と言います。厳密にはCMの間にチャンネルを変えるのをザッピング、番組中に変えるのをフリッピングと言いますが、いずれにしてもテレビの前でザッピングやフリッピングを繰り返している人は能動的に番組を見ているわけではなく、むしろ知らず知らずのうちに他人の時間を買わされているというわけです。

多くの人がなぜそのことに気付かないのかわかりますか。それはテレビを見るのにいちいちお金を払わないからです。敢《あ》えて言わずもがなのことを言うと、民放テレビは無償で視聴できますが、そこにはCMが流されています。実は私たちが商品を購入する時、CMの影響を受けていることは多くの社会学者や心理学者が指摘しています。

商品の価格には、広告費が上乗せされています。つまり構造的には、私たちはテレビを見ることによって商品価格を上げているのです。これは言い換えれば、「お金を払ってテレビを見ている」ということになります。そもそもその前にテレビ受像機本体を購入しているので、テレビは無料ではありません。

ＣＭを生み出した悪魔的発想

ところで、無料のように感じられているテレビですが、私はこの無料視聴のシステムを考えた人は天才だと思っています。

テレビが発明された時、普通の人なら番組を有料で提供しようと考えるはずです。芝居も映画もコンサートもすべて有料です。道端の大道芸人でさえも見物料を要求します。ところが、テレビは番組の中に広告（ＣＭ）を流すことで企業から金を取り、視聴者には無料で見せるという前代未聞の画期的な方法を採用したのです。

これはコマーシャリズムが発達したアメリカならではの発想と言われていますが、はたしてそれだけでしょうか。私は、退屈を恐れる現代人の心理を利用したビジネスという気がします。ある意味、悪魔的な発想とも言えます。

そして人々はテレビに夢中になりました。家にいる時間のほとんどをテレビの前で過ごす人が増えました。テレビのお陰で「退屈な時間」は消えました。しかし同時に私たちは貴重な時間をテレビで奪われていることに気付きませんでした。

「時間」を買わされている現代人

「生きた時間」を求めて

前項で、私はテレビというものが、現代人の「退屈」を恐れる心理を利用し、その時間を奪った上に、金を吐き出させているというものであると書きました。

しかし、リビングで流されているテレビが実は私たちにお金と時間を浪費させるものであることを意識する人はまずいません。これは二十世紀になって初めて生まれた、ある意味、悪魔的なシステムです。しかし二十一世紀になって、その進化形が現れました。それがインターネットです。

ネットのサイトや「ユーチューブ」などの動画も、大半が無料で視聴できます。そしてこれにも広告が付けられています。つまり構造的にはテレビと同じで、無料ではないということです。

興味深いデータを紹介しましょう。企業の広告費のトップは長らくテレビCMでしたが、二〇一九年にネット広告費がテレビを抜き去りました。もっとも、テレビ広告費が減ったというよりは、ネットの広告費が激増したためです。つまり今では、構造的には、私たちはネットを見ることで、テレビ以上に「商品の価格を上げている」ということになります。もちろんパソコンやスマホの購入価格もあるし、ネット通信料もかかります。それらを考えると、私たちがネットに費やす金額は相当なものと言えます。

そしてお金以上に費やしているのが「時間」です。皆さんも、一日のうちネットにつぎ込んでいる時間を概算してみてください。きっとかなりの時間になるはずです。

では、なぜ私たちはそんなにもテレビやネットに自分の時間を費やすのでしょう。これまでも書いてきたように、何もしない時間は「死んだ時間」なので、人は本能的に恐れます。逆に何かをしている時、人は安心します。それは「生きた時間」だからです。だからこそ、私たちはテレビやネットを見て笑ったり泣いたりして「生きた時間」を過ごそうとしているのです。

適当に時間を過ごすことは「時間を殺す」こと

でも、これは私の発見ではありません。私たちは特にしたいことがあるわけでもない時に、何かをして過ごすことを「時間をつぶす」と言っているからです。そうなのです。「時間」をつぶしているのです。「つぶす」ってすごい言葉ですよね。ちなみに英語はもっと強烈な表現を使います。「kill time」です。英語で「何して時間をつぶす?」と聞く時は、「How do you kill time?」と言います。ちなみにフランス語でもイタリア語でも英語と同じく「時間を殺す」と言います。洋の東西を問わず、適当に時間を過ごすことを「つぶす」「殺す」というのは、先人たちがその「時間」は「死んだ時間」と考えていた証拠でしょう。

皆さん、想像してください。もしテレビもパソコンもスマホも本もない部屋で十時間過ごせと言われたら、どうですか。耐えられるという人はごく少数ではないでしょうか。なぜならその「時間」は「死んだ時間」になるからです。

話は変わりますが、刑法では重い順から「死刑→懲役→禁錮《きんこ》→罰金」となっています。懲役刑は囚人に労役義務を科す刑罰ですが、禁錮刑は労役義務がなく、ただ拘禁されるだけの刑罰です。つまり禁錮刑は刑務作業をしなくてもいい分、懲役よりは軽い刑というわけです。ところが現実には禁錮刑に処せられた囚人のほとんどが刑務作業を希望するそうです。つまり、何もしないで部屋でじっとしているということは、作業をさせられるよりも苦痛を感じるということなのです。これを見ても、人間というものは、何もしない「退屈」な時間をいかに恐れるのかということがわかります。

ですから、囚人をより懲《こ》らしめるという意味では、懲役刑よりも何もさせない禁錮刑の方がいいのではないかと私は考えます。その方が再犯率もぐっと下がるのではないかと思うのですが、どうでしょう。

あと、これも個人的な意見ですが、囚人に本やテレビを見せるのは絶対に反対です。刑務所の中で、囚人にそんな娯楽を与える意味がわかりません。

「時間」を買わされている現代人

ここで話を「娯楽」に移します。前に私は、人間は「自分の時間」を売って金を得て、その金で「他人の時間」を買っていると書きました。それが「娯楽」です。「娯楽」の多くは「他人の時間」を購入したものです。観劇、スポーツ観戦、コンサート鑑賞といったマスのものから、マッサージや個人レッスンや風俗サービスといったマンツーマンのものまで、世の中には「時間」を売っている商売が数多くあります。

ところが、私たちはそれらを自分の意志で買っているように思いながら、「退屈」を恐れるゆえに、本当は「買わされて」いるということはないのでしょうか。

もちろん日々の時間をやりくりして、それらの「娯楽」に耽溺《たんでき》している人もいるでしょうが、実は他にすることがないからやっている人がかなりいるのではないかという気がします。

そう考えると、実は娯楽産業の多くが、人々の退屈な時間を恐れる心理を衝《つ》いて、金を吐き出させているものかもしれません。

つまり私たちは自分の時間を他人に売って金を得て、今度はその金を退屈から逃れるために使わされているというわけです。さらによく見ると、それ自体が自分の時間を注《つ》ぎ込む行為であることもわかります。つまり他人の時間を買わされているということは、自分の時間を捨てていることでもあるのです。

しかし、これは大いなる皮肉です。人は自分が楽しむ時間を生み出すために、労働時間を短縮したにもかかわらず、その結果生まれた「退屈」を恐れて、今度は自由になった時間を投げ出しているというわけです。これでは何のために自由な時間を手に入れたかわかりません。

「時間」は
あらゆることに
交換可能だが、
それを再び「時間」に
戻すことはできない

コロナ禍で売れた意外な商品

しばらく「退屈」について書いてきましたが、このテーマはまさに今、多くの人にとって切実な問題となっています。というのは、二〇二〇年、コロナで「不要不急の外出」を控えて自宅に籠《こも》る人が増えたからです。その結果、多くの劇場、ライブハウス、ジム、カラオケ店が休業し、多くの人が「娯楽」を失いました。

つまり「退屈な時間」を楽しみに変えるアイテムを奪われたのです。言い換えると「時間をつぶす」ことができなくなったのです。現在、多くの人が、これまで体験したことのない「退屈」と向き合っているはずです。それでどうなったかと言うと、映画やドラマをサブスクリプションで配信する「ネットフリックス」や「アマゾンプライム・ビデオ」などの利用者が急激に増えているそうです。ヨーロッパでは、動画配信サイトの通信量が五割も増し、「ユーチューブ」なども画質を低下させて通信量を調整したほどです。暇を持て余した人たちが動画サイトに殺到したことがわかります。

面白いのは、テレビのバラエティ番組の視聴率はさほど上がっていないことです。これはどういうことでしょうか。これまでは他にすることもなく漫然とつけていた番組を、この機会に真剣に見てみたら意外に面白くないことに気付いたせいかもしれません。放送作家の私が言うのもなんですが、バラエティ番組の多くは毎週ルーティンワークで制作をこなしていて、しかもほとんどのスタッフは他のいくつかの番組と掛け持ちでやっているので、完成度は高くなく、たいして面白くもないのです（私が構成している「探偵！ナイトスクープ」だけは別です）。ネットフリックスなどの有料配信とテレビの一番大きな違いは、なんとなく見ているか能動的に見ているかではないでしょうか。

ところで、退屈を紛らわせるものは動画だけではありません。私の友人にネット通販大手の社員がいるのですが、先日、彼に会った時、何気なく「今、どんな商品が売れてる？」と訊《き》いたところ、意外な答えが返ってきました。なんと「ジグソー・パズル」が売れているというのです。

それを聞いた瞬間、驚きと同時に「なるほど！」という気持ちになりました。ジグソー・パズルはある意味、究極の「時間つぶし」だからです。一枚の絵（あるいは写真）をわざわざバラバラのピースにして、それを元通りに復元していくのです。その作業には知恵も発想もたいして必要ありません。ひたすらピースを探し出して、ひとつひとつくっつけていくだけです。絵の完成を目指すくらいなら、最初から完成されたものを買えばいいじゃないかと思われる人がいるかもしれませんが、それでは駄目なのです。何もしないで過ぎていく「死んだ時間」を、ピースと格闘して完成と同時に達成感を味わうことで、「生きた時間」にすることに意味があるのです。しかし、それは本当に「生きた時間」と言えるのでしょうか。

映画『市民ケーン』に見る人生を象徴するカット

ハリウッドが生んだ鬼才オーソン・ウェルズが一九四一年、二十五歳の時に作った映画『市民ケーン』の中に、非常に印象的なカットがあります。大邸宅に閉じ込められ、何もすることがない孤独な夫人が、畳何畳もあるような超巨大なジグソー・パズルをうつろな目をして延々と組み立てているところです。そのシーンは私をヒヤリとさせました。というのは、もしかして人生とはこんなものかなと連想したからです。今、自分が仕事や娯楽としてやっていることも、結局は巨大なジグソー・パズルみたいなものじゃないだろうかと思ったのです。そして結局、それは完成しないままに人生を終えるのではないかと——。

人間はずっと自由な時間を手に入れるために戦ってきました。そして先進国の現代人はその夢をかなり叶《かな》えました。ところが、その結果生まれた「退屈」を恐れるようになりました。「○○をするための時間が欲しい！」と心から願っている人は実はすごく少なくて、ほとんどの人は自分が本当に望んでいることは何なのかも自覚しないまま、趣味や娯楽に興じているのかもしれません。

かつてサラリーマンの三大趣味と言われたゴルフもカラオケも麻雀《マージャン》も、敢えて言うなら、仕事の合間に生じた暇の「時間つぶし」なのかもしれません。あるいは「皆がしているから」しているのかもしれません。その証拠に、多くの娯楽にはブームがあります。私が大学生の頃、女子大生にはスキーとテニスが大人気でした。夏の軽井沢、冬の信州は女子大生で溢《あふ》れかえっていました。またどこのディスコも若者たちでいっぱいでした。男子学生のほとんどは麻雀をしていました。しかし今もそれらに夢中の六十代はほとんどいません。多くの若者たちが興じた理由は、「仲間たちがやっているから」というものだったからです。この何十年かでブームの波がやってきて去っていった娯楽は山のようにあります。いずれも極論すれば、若者たちの「自由な時間」を使わせる娯楽だったのです。そして同時に金も使わせるものです。これが人間社会のシステムなのです。

「時間の交換」は不可逆的

そう考えると、私たちの一生はひたすら「時間」を何かに換えたり、人にあげたり、また人からもらったりしていくだけのものだというのがよくわかります。人間社会は「時間」のやりとりだけで成り立っていると言っても過言ではありません。これまで再三書いてきたように、金や物も「時間」との交換に介在するものに他なりません。

ここまでお読みいただいている読者の皆さんにとっては、もう当たり前のことですが、時間は日常生活にあるほとんどのものに交換が可能です。金、物、楽しみ、感動、評価、成果等々――。しかし、それらを再び時間に交換することはできません。つまりこの交換は常に不可逆的かつ絶対的な一方通行なのです。

たとえ百億円を積んでも、一時間の時間さえ買うことはできません。「他人の時間」を買って自分のために何かをやらせることはできても、自分の時間を買うことはできないのです。もちろん過ぎ去った時間は絶対に買い戻すことはできません。

そのことに気付くと、貴重な時間を「退屈しのぎ」に使ってしまうことくらい虚しいものはないのかもしれません。

世界の富を
すべて使っても
「二十歳の一日」を
取り戻すことは
できない

全財産を擲っても買えないもの

前項で、「時間」はほとんどのものに交換可能ですが、逆にそれらを「時間」に交換することは絶対にできないと書きました。また「他人の時間」を買うことはできても、「自分の時間」を買うことはできません。

もし人生の最晩年、二十歳の一日の時間を買えるとなれば、どれほど素晴らしいことでしょう。全財産を擲《なげう》っても買いたいという人が出るでしょう。しかしそれは絶対に叶いません。地球のあらゆる富を使っても、それを購《あがな》うことはできないのです。

しかし多くの人は二十歳の頃、その貴重な時間を無駄に使い、あるいは使わずに捨ててしまったことでしょう。まるで美味しい食べ物を一齧《ひとかじ》りしただけで、または一口も食べずに腐らしてしまったようなものです。

私もそうです。単なる退屈しのぎみたいなものに、どれほど多くの貴重な時間を「つぶして」「殺して」きたかしれません。あるいは何もせずに、ただ時間がなくなっていくのを眺めていました。学生時代、下宿でぼーっと過ごしていた時間がどれほどあったことか。もう苦笑いするしかありません。これを読んでいる年配の読者の皆さんの中にも同じ気持ちになる方がおられるかもしれません。前にも書きましたが、時間は使っても使わなくても、消えていくのです。

でも、この気持ちは若い読者にはぴんとこないかもしれません。なぜなら若者たちにとっては、「時間」は有り余るほどあるもので、どれほど無駄に使おうが使うまいが、なくなるなんてことは考えられないからです。

若い頃の時間というのは大きな砂時計をスタートさせた状態に似ています。砂時計の下を見ると、砂が落ちていくのは見えます。しかし上の部分を見ても、砂は減っていくようには見えません。それどころか砂は微動だにしないように見えます。つまり時間は亀の歩みのごとくゆっくりと動いているようにしか思えないということです。

砂が減っていくスピードを自覚できるようになるのは、砂が半分以上、いや残りの四分の一くらいになった時でしょうか。すり鉢状になった砂が、中心からすごい勢いで落ちていくのが見えます。本当は最初から砂の落ちていくスピードは変わっていないのに、その速度は加速しているようにさえ思えます。でも、その速度を遅くすることも、砂を戻すこともできません。

砂の落ちる速度は一生変わらない

私たちの人生も砂時計同様、時間の砂を止めることも戻すこともできません。砂は確実に「死」に向かって落ちていきます。ちなみにヨーロッパにおいては、砂時計は伝統的に「死」の暗喩《あんゆ》として使われるということです。

私は現在六十四歳です。砂時計に譬えると、ほぼ八割の砂が落ちたところです。私はそれを眺めながら、砂の落ちる速度はこんなに速かったのかなと、今さらながら驚きと同時に実感しています。しかし繰り返しますが、砂の落ちる速度は昔からずっと一定だったのです。長い間そのことがわからなかっただけなのです。

私がこの本のテーマを思い付いたのも、自分の残り時間の少なさに気付いたせいかもしれません。この年になって初めて、人間にとって何よりも大切なものは「時間」であると気付いたわけです。金や物は、チャンスに恵まれさえすれば、いくらでも増やすことができます。しかしいくら増やしたところで、あの世には持っていけません。

それに、金はある一定以上は使いきれません。「酒池肉林」という言葉がありますが、たとえば美味しいものを食べたり飲んだりしても、胃袋には限界があります。古代ローマ人は食べることが楽しみのひとつだったようで、食べるだけ食べると、喉《のど》に指を突っ込んで胃袋のものをすべて吐き、また食べたそうですが、そうまでして食べて本当に美味しいのか疑問です。

また男性は美女との交わりを歓《よろこ》びのひとつとしますが、生理的な問題（限界？）で、そう何人もの美女と交われるものではありません。秦《しん》の始皇帝は後宮（ハーレム）に三千人の美女を囲っていたそうですが、一日二回美女の相手をしても、後宮のすべての美女を抱くのに四年以上かかります。はたしてそこまでして楽しいのか、むしろ苦行になるのではという気もします。

今、この時間が最高の時である

話が少々脱線しましたが、金なんて少しばかり贅沢《ぜいたく》ができるほどあれば十分でしょう。それ以上の金は結局、自分の楽しみのためには使いきれないのです。服の通販で巨万の富を築いた有名な元社長の金の使い方を見ていると、彼自身、どうやって金を使っていいのか迷っている気がします。それでも彼は何とか金を使おうと頑張っているところに、私などはむしろ好感を覚えます。世界の富豪のほとんどは、結局、財産のほとんどを使うことなく、巨額の遺産を残して死んでいくからです。その代表的な人物が、前に書いた「ウォール街の魔女」と呼ばれたヘティ・グリーンです。彼女は生涯、安アパートに住み、一着の服だけを着て、食べるものはゆでた豆とパン一枚と生の玉ねぎで、莫大な金を残して死にました。

私は大富豪でもなく、大権力者でもないので、彼らの気持ちの本当のところは理解できませんが、そうしたものを持っている人たちは、自分が死ぬことが惜しくてたまらないのではないかという気がします。だって、何百年かかっても使いきれない財産を残して死ぬのはもったいないでしょう。前述の始皇帝が晩年、必死で不老不死の薬を求めたのは有名な話です。古代エジプトの王たちは新しい世界で蘇《よみがえ》るためにミイラとなりました。しかし彼らのような絶対的な権力者をもってしても、失った「時間」を取り戻すことはできなかったのです。

どうですか？「金」なんて所詮《しょせん》は時間の素晴らしさに比べれば、屁《へ》ほどの価値もないでしょう。

この本を読んでいる若い読者に言いたいことがあります。「時間」の無駄遣いはやめてください。今、この時間は、何物にも代えがたい最高の時なのだと常に考えて生きてください。もちろん、これは自分自身にも言っている言葉です。

自殺は究極の「時間の投げ捨て」

自ら「時間」を捨ててしまうという行為

時間を無駄に使うことは、お金の無駄遣いとは比較になりません。なぜならこれまで何度も書いてきたように、失ったお金は取り戻すことができますが、時間は永久に取り戻せないからです。

しかし「時間の無駄遣い」よりももっと馬鹿馬鹿《ばか》しいものがあります。それは「時間の投げ捨て」です。「時間の投げ捨て」とは何か——それは「自殺」です。

新聞やテレビを見て嫌な気持ちになるニュースはいくらでもありますが、何とも言えない気持ちになるのは自殺のニュースです。自殺は言い換えれば、自分の時間を自らの意志で完全に消し去ってしまうことです。この世で最も大切で、「金」や「モノ」や「名声」などよりはるかに貴重な「時間」を消し去るほど愚かなことはないと、私は思っています。

私はこの本で、人類が何万年もの昔から、「人生の時間」を延ばすために必死で頑張ってきたということを書きました。人類がこれまでに開発してきた様々な道具や機械はすべて「時間を短縮するもの」であり、それにより人類は余分な時間を得ることができました。それは「長生き」するのと同じことです。

つまり人類の進化、文明の発展は、もともとは「長生きしたい」という人類の潜在的な欲望から生まれたとも言えます。それなのに、自ら「時間」を捨ててしまうという行為は、極端な言い方をすれば、人類の努力への冒瀆《ぼうとく》です。

日本の自殺者数は先進国一位

もちろん自殺する人には、他者にはうかがい知れない事情と苦悩があるでしょう。第三者が軽々しく馬鹿馬鹿しいと断じてしまうようなものでもないというのはわかります。

私の手元に日本の自殺者のデータがあります。近年の日本人の十万人当たりの自殺者数は二十人近くで、この数字は世界六位という高さですが、先進国G7の中では一位です。G7の中で最も低いイギリスやイタリアと比べると約二倍です。ちなみに二〇二〇年五月半ばの時点で、日本人の新型コロナウイルスによる死者は十万人当たり約〇・五人ですから、自殺者の数の凄《すご》さがわかります。

年代別では四十~五十代が多くて、それより上の世代は徐々に下がり、下の世代も同じように下がっています。ただ、四十～五十代の世代の死因の一位はガンで、自殺は二位以下です（率で言えば一〇％くらいです）。

一方、四十歳未満では、死因の一位が自殺です。三十代、二十代、十代と、すべて一位です。三十代では三〇％以上、二十代だとなんと四五％を超えます。

さて、その原因ですが、データでは、特定できたうち、各世代とも一位は「健康問題」、二位のほとんどは「経済・生活問題」となっています。

ところで、この「健康問題」というのは、肉体的な病気とは限りません。「鬱病《うつ》」「統合失調症」「アルコール依存症」「薬物中毒」なども含まれ、むしろそれらの方が多いのではないかと言われています。はっきり言ってしまえば「心の病」です。

心の病にはこれといった原因がないケースもありますが、環境や事件による過度のストレスが引き金になるケースが多いと言われています。学校でいじめに遭ったことで引きこもりになり、それが原因で鬱になったり、異性に振られて薬に手を出したり、会社をリストラされてアルコール依存症になったりといった具合です。つまり心の病による自殺には、それぞれ何か要因があるのです。

自殺理由の二位は「経済・生活問題」となっていますが、「健康問題」による自殺者の中には、実はこの問題によって心の病に罹《かか》った人が少なくないと言われています。

それらを「経済・生活問題」の範疇《はんちゅう》に含めると、全世代の自殺要因の多くが「経済・生活問題」なのかもしれません。

「経済・生活問題」というのは、身もふたもない言い方をすれば、「金の問題」です。

昨今、新型コロナウイルスの蔓延《まんえん》により一部の経済活動の自粛が促され、多くの自営業者や経営者が悲鳴を上げています。このままでは「コロナによる死者」ではなく、「経済による死者」が出ると言う識者もいます。「経済による死者」とは、暗に「経済苦による自殺者」を指しています。実際、不況が訪れると自殺者が急増するのは、過去のデータからも明らかです。大きな金融危機や不景気になると、自殺者が激増するのは、日本に限らず世界共通です。ちなみに日本においては完全失業率が一％上がると自殺者が二千人以上出るという恐ろしくも厳然たるデータがあります。

「金」より「命」

もちろん経済的な苦境に陥った時の苦しみは大変なものだというのは、私にもわかります。こんな苦しみを味わうくらいなら死を選んだ方が楽だという気持ちにもなるのでしょう。

しかし、敢えて「それは違う！」と私は言いたい。

「命」よりも「金」が重要という価値観は、絶対に間違っています。これは大きな矛盾とも言えます。「金」は、人類が「時間」と交換が可能なものとして生み出した「道具」の一つであるにもかかわらず、いつのまにか「時間」よりも大切なものと錯覚してしまったのです。

たしかに現代社会では、「金」は非常に重要なものです。「金」がないばかりに、惨《みじ》めな暮らしをしたり、嫌な思いをしたりもします。あるいは、好きな女性と一緒になれないというようなこともあります。また、事業に失敗したり、全財産を失ったりして人生に絶望して死を考えている人もいるでしょう。一生かかっても返せない借金を背負っては、生きていても虚しいだけと考える人もいるでしょう。

そんな人に少し変わった質問をしたいと思います。

たとえば、あなたが一九三〇年代のドイツにユダヤ人として生まれていたとして、財産没収か絶滅収容所のどちらかを選べと言われたら、どちらを選びますか。全財産を失うくらいなら、収容所で死んだ方がいいやと思う人はいないのではないでしょうか。

そんな昔の外国のことは想像できないと言うなら、大地震や大火災、あるいは津波に襲われることを想像してみてください。

まさに今、自宅が崩壊したり、自分の店や会社が焼け落ちていく場に直面したとき、「ああ、もう全財産や会社資産がなくなるから、家と一緒に死んでもいいや」と思う人はまずいないでしょう。家やお店なんかどうでもいい、そんなものは何とかなる、まずは自分と家族の命を救おうと必死で行動するのではないでしょうか。

人生はマルチエンディング

世の中には、仕事や財産を失ったり、あるいは借金苦で一家心中する人もいます（幼い子供がいる場合、たいてい無理心中です）。しかし、もし債権者から、「金を返せなかったら、お前だけでなく、妻も子供も殺す」と言われたら、「はい、わかりました」と家族と自分の命を差し出す人はいるでしょうか。おそらく、ほとんどの人が自分と家族の命を守るために懸命に戦うのではないでしょうか。つまり他人から命を奪われるという状況に直面すると、それを守らなければならないということに気付くのです。

ところが、それを自分で捨て去ることができる状況に置かれると、そのことを忘れてしまいます。むしろ「自分の命だから自分で捨てる権利がある」ような錯覚に陥るのです。

ちなみにキリスト教においては、自殺は神の意志に反する罪とされ、罪悪視されています。というのは、命は神から与えられたものという考え方があるからです。ヨーロッパ諸国の自殺率の低さは、それが理由とも言われています。ロシアの自殺率が高いのは、ソビエト共産党時代に長らくキリスト教が弾圧されてきたからかもしれません（飲酒率の高さが原因という説もあります）。

一方、仏教では自殺は悪とはされていません。説話の中に、お釈迦《しゃか》様が自殺しようとする女性を止める話がありますが、自殺を必ずしも悪と見做《みな》してはいませんでした。そのあたりは「命」の考え方に違いがあると言えそうです。

ところで、私の「新・相対性理論」においては、「命」とは「時間」に他なりません。当たり前のことですが、人生は一度きりです。つまり私たちに与えられた「時間」はたったの一回だけです。二回目はありません。そしてほとんどの人の「時間」はせいぜい八十年ちょっとです。そんなリミットのある「時間」を使い切ることなく、途中で捨ててしまうことほど勿体《もったい》ないことはありません。

ゲームなら、失敗したらリセットして、やり直せば済むでしょう。しかし人生というゲームは泣いても笑っても一度きりです。人生にはリセットボタンはありません。失敗したとしても、ゲーム中に取り返すしかないのです。もちろん運悪く取り返せない人もいるでしょう。それどころかますます悪くなる一方で寿命が来てしまう人もいるでしょう。その時は諦《あきら》めるしかありません。それが人生です。

しかしここで視点を変えてみましょう。ゲームには一つのゴールしかありませんが、人生には決まったゴールはありません。言うなればマルチエンディングです。人は皆、自分の夢があり、理想とするゴールがあります。それに向かって進むことは大切ですが、それが叶わなくなっても、別のゴールがあります。だから、いくら失敗してもいいのです。たとえ一生返せない借金を背負ったとしても、命までは取られません。そう思えたら楽になりませんか。

たとえば歌手の千昌夫さんはバブル崩壊で一生かかっても返せない三千億円の借金を背負いましたが、今も元気に生きています。一度お会いしたことがありますが、よく笑う明るい人で、暗さなどは微塵《みじん》もありませんでした。彼を見ていると、たかだか「金」のことで自殺するのは本当に馬鹿馬鹿しいと思います。

もちろん自殺の原因は「金」だけではありません。失恋、いじめ、入試失敗、仕事の重圧、病気など様々です。その中で、治癒の可能性がなく、しかも肉体的な苦痛を伴う病気の場合だけは自殺が許されてもいいと私は考えていますが、それ以外の精神的苦痛については、絶対に自ら死を選ぶべきではないと強く思っています。

ちなみにスイスでは、生存の見込みのない病苦、あるいは重度の身体障碍《しょうがい》を持った人の自殺を幇助《ほうじょ》する「エグジット」などの団体があります。医師の証明書や、本人の正常な意思が確認できれば、自殺が認められています。しかし「エグジット」は無暗《むやみ》に自殺を幇助するのではなく、自殺を考えている人の状況を徹底的に調べ、また本人とも充分に話し合った末に、安楽死用の薬を与えるのです。興味深いのは、スイスでは「エグジット」の存在が逆に自殺率の低下に貢献しているということです。多くの国民が自殺について深く考えるきっかけになっているのかもしれません。

なお自殺の理由として、「良心の呵責《かしゃく》」「自責の念」というのもありますが、これは、今回のテーマとは少しずれるので、ひとまず置いておきます。

余談ですが、日本の人気作家は何人も自殺しています。芥川龍之介、有島武郎、太宰治、川端康成、三島由紀夫など、日本の人気作家の多くが自殺です。なぜか日本では自ら生きることを否定する作家が人気です。私も自殺すれば死後人気が高まるかもしれませんが、全くその気はありません。

私は「文学とは人々に生きる勇気を与えるもの」と考えています。自分の人生さえ否定してしまうような人間の書いたものは読む気がしません。おっと、これ以上書くと、方々から叩《たた》かれそうなので、この話はここでやめます。

「有限の時間」を自ら捨てるな

今、この本を読んでおられる方で、「金」の問題以外で、少しでも死を考えている人がいたら、「逆転の発想」をしてみてください。

失恋して死にたいと思った人は、たとえば「自分をふった人が、恐ろしい権力者で、用なしになった自分を始末させる」ということになれば、どうでしょう。「お願いだから、生かしてください」と思うでしょう。そして、もっといい人を探すと心に誓うのではないでしょうか。

入試や入社試験に落ちて死を考えた人は、「入試や入社試験に落ちた人間は能力なしとして始末される」未来社会にいると考えてみたらどうでしょう。おそらく全員が「どんな大学でも会社でもいいから行かせてほしい」と言うのではないでしょうか。

ブラック企業の過酷な仕事の重圧で死を考える人も、「この仕事が絶対に休むこともできず辞めることもできない懲役刑」だと考えてみればどうでしょう。すると、現実にはそうではないことに気付き、死ぬほど苦しいなら辞めてしまおうという決断に至るはずです。辞められないと思い込んでいるのは、「金」や「世間体」といったものに縛られているだけだと気付くでしょう。

私の一番言いたいことは、誰のものでもない「有限の時間」を自ら捨ててしまうようなことは絶対にしないでほしいというものです。

第5章「止まれ、お前は美しい！」

恋愛の喜びは
「時間の共有」
にある

楽しさを共有できると「時間」は濃くなる

さて、私の「新・相対性理論」の基本概念は、「人間の営みや社会的事象は、すべて『時間』が基準になっている」というものです。

この本の冒頭で、人類は新たな時間を生み出すために、作業や移動の時間を短縮してきたと書きました。人類の偉大な発明品のほとんどは、「退屈で辛《つら》い作業」を短くし、その代わりに得た時間で「楽しいこと」をするために作られました。

しかし、「楽しいこと」といっても、これはもう人によって全然違います。スポーツ、カラオケ、映画鑑賞、読書、買い物、テレビゲーム、旅行、ギャンブル……ｅｔｃ．。中には、仕事が楽しみという人もいれば、逆に何もしないでぼーっとしているのが一番という人もいます。犯罪が楽しみという最悪の人も稀《まれ》にいます。かように「楽しいこと」はまさに千差万別、ある人にとっては楽しいことでも、別の人にとっては苦しみということもあるでしょう。ですから、ここで「楽しいこと」を明確に定義することはできません。

ところで、「楽しいこと」の多くは、ひとりでやるよりも誰かと一緒にやる方が

「楽しさ」が増えます。たとえばカラオケにひとりで行くのと、友人たちと行くのとでは、楽しさが全然違います。テレビのコメディでも、ひとりで見て笑っているのと、一緒に見ていた仲間全員で笑うのとでは、おかしさが全然違います。旅行も同様で、ひとり旅よりも友人たちとの旅の方が何倍も楽しいし、食事にしてもひとりで食べるよりも大勢で食べる方が美味《おい》しく味わえます。

スポーツ観戦でも、観客が多ければ多いほど盛り上がりますし、またそれらの試合がテレビ中継される場合も、ひとりで観戦するのと同好の士で集まって観戦するのとでは、感動に大きな差があります。もし映画館で感動的な映画を観《み》たとしても、観客があなたひとりだった時と、満員の観客が全員涙を流して拍手をしている時では、同じ映画の感動でも何倍も後者の方が大きくなるでしょう。

これはなぜでしょうか。私は、「時間」を共有することで、「楽しみ」が増加していくと考えています。これが「時間」の不思議なところで、同じ「時間」を、複数の人々が「楽しい」と感じると、その「時間」は濃くなるのです。

十人がそれぞれバラバラで楽しいことをすれば、十人分の楽しいことがあるわけですが、当然そこには無駄もあり、薄まる部分があります。たとえば、十個の小さな氷のキューブがあるとします。それらはすぐに溶けます。しかしキューブを合わせて一つの塊にすると、量は同じでもなかなか溶けません。「時間」もこれに似たところがあります。私はこれを「時間共有の法則」と名付けました。

恋愛は「時間の共有」の究極形

さて、楽しみや感動が増幅する「時間共有の法則」から見た場合、その究極は「恋愛」です。なぜなら「時間」の共有の濃さが他のものとはまるで違うからです。スポーツ観戦や映画鑑賞も複数で「時間」を共有するのは一緒ですが、とは言え多くの場合、他人なので、人同士のつながりはそれほど濃くはありません。カラオケは自分が歌っている時は楽しいけれど、他人が歌っている時はそれほど楽しくはありません。チェスや囲碁といったボードゲームは負けた時の悔しさというものもあります。ところが「恋愛」は、心理的な結びつきに加えて、喜怒哀楽や価値観の共有部分が大きく、そのことにより「時間」の共有度合いも高まり、したがって、その「楽しさ」はスポーツやゲーム以上のものになります。

恋愛初期においては、大好きな異性と同じ空間を共有しているだけで至福の「時間」となります。ただ並んで歩いているだけで、また同じ車に乗っているだけで、あるいは何もせず同じ海を見つめているだけで、それが最高の時間になるというのは他にありません。飲食や娯楽を共にすれば楽しさが倍増するのは言うまでもありません。

ちなみに「セックス」はその究極の形です。ふたりがともに同じ目的（エクスタシー）に向かって、同じ行為をするのですから、時間共有度は時として百％に近いものがあるのかもしれません。

だからこそ、「恋愛」は古くから演劇や文学の大きなテーマになってきたのであり、現代でもポップスや歌謡曲のほとんどは「恋」が歌われています。なぜ「恋愛」がこれほど人を魅了するのかについては、昔から哲学者や詩人や文学者が考察し、現代では心理学者や脳生理学者や動物行動学者などが様々な説を述べていますが、「時間の共有」の観点から述べた人はおそらく私が初めてではないでしょうか。

なぜ恋愛はさめるのか？

ところで、それほどまで楽しい恋愛なのに、なぜその感情が長続きしないのでしょうか。実は、男と女の場合、喜怒哀楽や価値観の共有は錯覚であることが多く、互いがそのことに気付くと、その瞬間から急速に「楽しさ」は失われるからです。それは

「時間の共有度」が減ったからに他なりません。映画館で作品に感動しても、あなた以外の観客の大半が、途中で退席したり居眠りを始めたら、あなたの感動もかなり減じられるでしょう。恋愛もそれと似たところがあるのです。

しかし逆に言えば、「恋愛」において、互いの喜怒哀楽や価値観の共有が錯覚でない場合や、あるいは錯覚であることに気付かなければ、その楽しい時間は延びます。

ただ、そうは言っても「慣れ」による楽しさの薄れはあります。これは「恋愛」に限らず、すべてのことに共通して存在するものです。人間は繰り返されることに快感を覚える動物ですが、同時にまた繰り返しに飽きる動物でもあるからです。一定時間内に繰り返されることによる「慣れ」によって、どんな楽しいこともどんな感動的なことも次第に快感が薄れていきます。つまりこれも「時間」に関係しています。

というわけで、人類の究極の楽しみのひとつでもある「恋愛」も、最後は「時間」によって「楽しみ」を減じられるというわけです。最高の恋人を手に入れたと思っても、その満足感は永遠には続きません。つくづく「時間」とは厄介な存在です。

次項で、そのことをお話ししましょう。

「慣れ」の恐ろしさ

誰もが経験する「快楽順応」

前項で、人は最高の恋愛をしても、「繰り返しによる慣れ」の時間によって喜びが減ると書きました。これは恋愛に限らず、すべてに通じるとも書きました。こんなに楽しいことがあるのか！　ということを経験しても、それを繰り返すことにより、あるいはその状態が続くことによって、楽しいと思う感情は弱まっていきます。

これは実は「快楽順応」と呼ばれている現象です。英語では「ヘドニック・トレッドミル」というそうです。ヘドニックは「快楽的な」という意味で、トレッドミルは室内用のランニングマシンのことです。たしかにランニングマシンで走っていても、風景は変わらず、その単調さに、すぐに飽きが来ます。「トレッドミル」という言葉には、「決して終わらない仕事」という意味もあるそうです。つまり「ヘドニック・トレッドミル」という言葉は、「幸福に向かって走るものの、決してゴールには到達しない」という状態を意味しています。

余談ですが、トレッドミルはイギリスの刑務所で使うために考案された機械です。複数の囚人が巨大な回転式の踏み板を延々と足で踏み、その回転力で粉挽《こなひ》きをするというものです（ミルとは粉挽き器のこと）。現代人がスポーツジムのランニングマシンで走っているのを二百年前のイギリスの囚人たちが見たら、同情してくれるかもしれません。

もちろん私たちは「快楽順応」というものを経験的に知っています。志望校に入学したり、希望の企業に入社したり、憧《あこが》れだったマンションに入居したりすると、幸福感に満たされますが、何年かして、その状態が当たり前となってしまうと、そのことで改めて幸福感を味わえなくなります。高額宝くじに当たった人に、直後に「幸福ですか」と尋ねると、ほぼ全員が「はい」と答えるのに、一年後に同じ質問をすると、「はい」と答える人が激減しているというデータもあるそうです。

「時間」による馴化

でも皆さん、どうして幸福な時間がしぼんでくるのか考えてみたことはありますか？　実は脳生理学的にはこの問いへの答えがすでに出されています。人は大きな幸せを感じたり喜びを感じたりすると、ドーパミンやアドレナリン等の神経伝達物質が分泌《ぶんぴつ》されます。しかしそうした物質が脳内で分泌され続けると、脳や体に負担を生じます。そこで、そうした分泌を抑えるシステムが体内に組み入れられています。その結果、「幸福感」や「喜び」は徐々に薄れていくことになるのです。

これは別の視点で見れば、「時間」による馴化《じゅんか》とも言えます。「時間」が私たちを幸せや喜びに慣れさせるのです。私はこの本で、人間のすべての行動は「時間」が基準になっていると書いてきました。ならば、この「時間」による馴化も、何らかの意味があるはずです。その一つは、前述の脳生理学上の健康を守るための効果ですが、私は実はもう一つの意味があると考えています。それは「より一層の幸福や喜びを求めて」行動する動機を生み出すためというものです。もし人類が今ある状態に満足し、その幸福感にずっと浸っていたなら、はたして人類の進歩はあったでしょうか。

人類は幸福と楽しさを味わうために、様々な発明品を生み出し、生活を改善してきました。初めて自動車に乗った人は、その快適さと利便性に驚愕《きょうがく》し、大きな喜びを味わったことでしょう。初めてテレビを観た人は、その画質に不満を抱くことなどなかったでしょう。しかし、もし人々がそれらで満足していたなら、私たちは今もガタガタ揺れてスピードも出ない車に乗り、白黒の粗い画像のテレビを観ていたでしょう。

自動車もテレビも、人々の不満による要求から発達したわけではありません。しかし人類という大きな視点で見た時、現状に対する不満足から発達してきたと言えます。

つまり現状に対する馴化は、実は「時間」が人類に与えた試練という見方もできます。これは個人の生き方に置き換えても同じことが言えます。最初は現状に対して満足していても、やがてそれが物足りなくなり、より大きな満足を得ようと考えるようになります。たとえば学校のクラスで下の方の成績だった子がテストで十位に入れば、その喜びは大きなものがあるでしょう。しかし毎回十位なら、やがてその順位に不満を覚え、もっと上位を目指したいと考えても不思議ではありません。もちろん、これはその子の性格によりますが、現状に対する馴化が早い人ほど、エネルギッシュに行動する面があります。社会の成功者と言われる人の多くはそうした人たちです。経営者、スポーツ選手、芸能人、政治家、等々。

ただ、馴化スピードがあまりに早すぎると、逆に永遠に幸せを得られないというのも人生の矛盾です。というのは、どこまで行っても、上には上があるからです。そこに辿《たど》り着けないことで、苛立《いらだ》ちや焦燥感《しょうそうかん》から逃れられない人は少なくありません。

自社の利益にしか関心のない大物経営者や、権力しか眼中にない大物政治家たちは、あまり幸福感に満《み》ち溢《あふ》れた顔をしていません。彼らはたいていしかめっ面《つら》をしていて、その顔はむしろ不幸な人間のそれに見えます。それはなぜか——金と権力には限りがないからです。だからどれだけ金や権力を得ても、いや得れば得るほど渇望《かつぼう》感が増すのではないでしょうか。

一方、体力や才能に限界があるスポーツや芸術や学問の世界において偉大な業績を残した人たちは、その多くが魅力的な顔をしています。おそらく「十分にやり尽くした」満足感があるのでしょう。

馴化が人を救うこともある

ところで「時間」による馴化は、何も幸福にばかり働くものではありません。不幸に対しても同じ力を発揮します。

人間は生きていく中で、不幸や悲しい出来事に遭遇します。それは時として、生きていく気力を奪うようなものもあります。「もう生涯、心から笑ったり喜びを感じたりすることはないだろう」と思うような辛い経験をすることもあるでしょう。

しかし、「時間」はそうした人にも、癒《いや》しを与えてくれるのです。時が経《た》つにつれ、悲しい思い出は徐々に記憶と感情から流され、人は再び人生に立ち向かえるようになります。そう、「時間」は人々を救う力をも持っているのです。

古代人が
壁画で本当に
描きたかったものは
何か？

ラスコーの壁画は何のために描かれたか

私の「新・相対性理論」の骨子は、「人間社会のあらゆることは『時間』が基準になっている」というものです。というのも、有限の時間の中で生きている人類にとっては、「時間」くらい重要なものはないからです。そして、その観点から多くを見ていくと、今までの解釈とはまるで違ったものが見えてきます。

たとえば古代人が洞窟《どうくつ》の壁に描いた絵を見てみましょう。それらの絵は有名なフランスのラスコー洞窟を初め世界中で発見されていますが、そこに描かれているものは、バイソン、馬、鹿《しか》など、大型の野生動物です。中には狩りをしている様子を描いたものもあります。彼らはなぜそんな絵を描いたのでしょうか。

有力な説のひとつは、より多くの獲物を仕留めたいという一種のまじないではないかというものです。しかし絵の中にはライオンや熊《くま》のような狩りの対象にならない恐ろしい動物も描かれているので、説得力がいまひとつです。また年代的には古代ではありませんが、オーストラリアのアボリジニーが描いた壁画の中にはインドネシア風の帆船などもあります。

別の説としては、シャーマン（巫女《みこ》や祈禱師《きとう》）が神がかりとなって想念で描いたというものがあります。しかしシャーマンがなぜ優れた画力を身に付けたのかの説明はありません。また、宗教的儀式や踊りなどに使うために描かれたという説もあります。しかし狭い洞窟で描かれた絵も多数あり、これも強い説得力を持ちません。どうやら決定的な説はないというのが現状のようです。

私はこの謎《なぞ》を、「時間」という視点で考えてみました。もしかすると、古代人の壁画は「過去の再現」なのではないかと思いました。古代人が洞窟にバイソンの絵を描こうとする時、そばにバイソンはいません。鹿を狩る場面が描かれた絵も、その場面を見ながら描いたわけではありません。すべては「描き手」が脳裡《のうり》にある映像を頼りに描いたものです。そしてその映像とは彼が実際に見た過去の出来事に他なりません。つまり彼は洞窟の壁に過ぎ去った過去を甦《よみがえ》らせようとしたのです。

もちろんそれは無意識のことかもしれません。しかし結果的に壁に刻まれたのは、過ぎ去った「時間」です。その証拠に古代人の壁画には風景画はありません。山や谷や海は、過去も現在も未来も常にそこにあり、それらは決して「過ぎ去った時間」を表すものではないからです。つまり古代人にとっては、絵は「過去の時間」を再現するためのものだったのです。そして古代人にとっては「時間」とは「変化するもの」

「動くもの」だったのです。洞窟壁画はどれも非常に上手《うま》く、おそらく選ばれた者が代表して描いたのでしょう。つまりその絵は彼らの願望なのです。

「瞬間」を永遠に残した葛飾北斎

その後、文明が発達するとともに絵画も進化し、様々な絵が描かれるようになりましたが、そもそも絵というものは「流れていく時間(瞬間)」をとどめておきたいという願いのあらわれではないかと私は考えています。絵のジャンルのひとつである「肖像画」などはその代表です。

現代の我々が使っているカメラと写真にも同じことが言えます。現代人のほとんどはスマホを持っていて、旅行やコンパや楽しい会合の時は記念写真を撮ります。またスポーツやコンサートなどのイベントでも写真を撮ります。それは実はその瞬間の時間をとどめておきたいという願望以外の何物でもありません。つまり基本的には何万年も前に洞窟に絵を描いた古代人と同じ思いを持っているということなのです。

そして、画像ファイルとなった写真を眺める時、私たちが見ているのは「過去」です。それはかつてこの世に存在し、今はもう過ぎ去ってどこにもなくなった「時間」

なのです。しかし写真の中には、それらの「時間」が永久に封じ込められています。

写真で思い出しましたが、葛飾北斎の「冨嶽《ふがく》三十六景」の中の一枚に「神奈川沖浪《なみ》裏《うら》」という絵（版画）があります。大波が船を呑《の》みこむように立ち上がっている有名な絵です。この絵が描かれた頃には写真機はまだ発明されていませんでした。つまり北斎は現代のカメラでしか撮影できない映像を絵にしたのです。まさに彼は「瞬間」を永遠に残したわけです。

余談ですが、この絵には大波のはるか向こうに富士山が描かれています。山は不動の象徴です。つまり北斎は動かざるものと止まらざるものを、ひとつの絵の中に組み入れたというわけです。私の「新・相対性理論」の観点からすると、彼は「時間の静止と動き」を同時に描いたとも言えます。まさに絵画史上に残る大傑作です。まさに天才としか言いようがありません。彼の絵がヨーロッパの画家たちを驚愕させたのは当然でしょう。

ゲーテ『ファウスト』の言葉に込められた意味

「時間」をとどめるということで思い出すのは、ゲーテの「止まれ、お前は美しい！」（Verweile doch! Du bist so schön!）という言葉です。これは彼が最晩年に書いた畢生《ひっせい》の大作『ファウスト』の中に出てくる言葉です。これはファウスト博士が悪魔のメフィストフェレスと契約を結ぶとき、「もし、ある刹那《せつな》、俺に『止まれ、お前は美しい！』と言わせたなら、俺の魂をやろう」と言ったときのセリフです。これはわかりやすく言えば、「今、この瞬間よ、永遠にとどまってくれ」と言わしめるくらいの満足を与えてみろということです。

人生には誰しもそう思う瞬間があります。しかしそれは叶《かな》いません。「時間」は絶えず流れ、どんなに素晴らしい時も、次の瞬間には過去になります。ただそれがわかっていてもなお、私たちは「止まれ、お前は美しい！」と言わずにはおれないのです。

しかし「現実の時間」と「心の時間」が異なるということは、前に書きました。物理的には遠い昔に過ぎ去った「過去」（むかし）でも、心の中では永遠に「現在」（いま）であることは、少しも矛盾しないのです。

「止まれ、お前は美しい！」と叫ぶことができる人生こそ、「時間」に打《う》ち克《か》つ人生と言えるのではないでしょうか。

芸術のみが「エネルギー保存の法則」を超える

物語は「切り取られて保存された時間」

　前項で私は、絵は本来、「過去の時間」の再現であり、古代人の洞窟壁画は、「時間」をそこにとどめたいという彼らの願望が具現化したものではないかと書きました。

　同じことは物語にも見られます。現在、伝えられる人類の最も古い物語は「神話」や「叙事詩」です。『ギルガメシュ叙事詩』『旧約聖書』『イリアス』などが有名です。日本にも『古事記』や『日本書紀』があります。それらの多くは、人類がまだ文字を持たない時代から口伝で継承されてきたものがベースとなって生まれたものでしょう。文字として残される前に歴史の中に消えてしまった物語も無数にあったはずです。

　これらの物語に共通するのは、いずれも「過去の話」ということです。いわゆる「昔、あるところに〜」というものです。おそらく誕生の瞬間には、既に「古い物語」だったと私は思っています。「神々の物語」が同時進行で語られたはずがありませんから。またすべての物語には必ず始まりと終わりがあります。つまり物語とは、ある時間からある時間までを切り取って、保存したものなのです（厳密には口伝も同様です）。そしてその「切り取られて保存された時間」は、読まれる（あるいは語られる）

たびに読者（聴者）の前で再現されます。

つまり、人類は物語を作ることで、絵と同じように「時間」を封じ込め、それを未来に残すことに成功したのです。これは「有限な時間」しか与えられなかった人類の、「時間」に対する反逆とも言えます。

絵は「瞬間の時間」を画像で、物語は「切り取られた時間」を言葉で、残したものなのです。私は古い絵画や文学を前にすると、「時間」を閉じ込めようとした人類の執念を見るようで不思議な感動に襲われます。

音楽は常に時間とともにある

絵と物語の話をしたので、もうひとつの芸術である「音楽」を考えてみましょう。

「音楽」は不思議な芸術です。周波数の違う音を次々に鳴らしていくものですが、その並べ方やリズムの変化によって、人々を心地よい気持ちにさせたりします。もっとも、古代の音楽は木や石などをリズムをつけて叩《たた》いたり、声の高低を組み合わせたりしただけのものだったのでしょう。そして、それらがやがて進化して、メロディが生まれ、更に多くの楽器が生まれ、高度なものとなりました。ただ、それを人から人へ伝えていくのは、口伝でなければ無理でした。しかし音符と記譜法の発明により、人類はついに音楽でさえも紙の中（楽譜）に閉じ込めることに成功しました。

余談ですが、空気の振動とリズムを記号に置き換える記譜法というのは画期的な発明です。ある意味、文字以上の発想かもしれません。これにより、私たちは何百年も前の作曲家が作った音楽を聴くことができるようになったのです。ただ、音楽は絵や文学とは少し性質が違います。というのは、音楽は常に時間とともにあるからです。たとえば演奏するのに五分かかる音楽は、五分の時間が必要です。その意味では楽譜に封じ込められた「時間」は、演奏時間そのものを封じ込めたと言えます。

ちなみに、それを具体的に実現したのが、レコードであり、ＣＤです。これらは「時間」をそっくり保存しています。この「録音」の発明により、私たちは有名な演奏家が何十年も前に残した演奏（時にはライブ演奏）を聴くことができるのです。もちろん二百年後の人たちも、ビートルズの歌を聴くことができます。これは「映画」も同様です。物語がフィルムやテープなどにアナログやデジタル信号で記録され、人類が続く限り、未来永劫《えいごう》、残されるのです。

現代では、映像や音声を極めて正確に記録して再現することが可能になりました。これは人類が何万年もずっと夢見ていた「時間の保存」に他なりません。現代の科学テクノロジーはついにその夢を叶えたのです。

偉大な芸術作品は人類が「時間」をねじ伏せた証

ところで、芸術について、私がずっと気になっていることを書きます。

地球上のあらゆる運動はニュートン力学の法則に則《のっと》っています。「エネルギー保存の法則」は難しく言えば、「孤立系のエネルギーの総量は変化しない」というものです。乱暴に言ってしまえば、一〇のエネルギーは一〇以上にならないということです。たとえ分散しても、それらを集めると一〇になります。熱や運動に置き換えられたとして、その総量は変わりません。ニュートン力学で説明できない唯一《ゆいいつ》の例は原子核分裂により質量がエネルギーに変化するというケースです。

しかし、原子核分裂の他に、ニュートン力学で説明できないものがもうひとつあるのです。それは芸術作品が持つエネルギーです。画家、作曲家、作家、映画監督、漫画家……etc.、あらゆるクリエイターたちが作品を生み出す時、そこには何らかの力があります。それらは「心的エネルギー」と総称されることもありますが、その用語はともかく、創作にはそうした精神的なエネルギーが不可欠です。クリエイターたちはそのエネルギーを使って、作品を仕上げます。

これを「エネルギー保存の法則」で考えると、作品の中に投入されたエネルギーは、その作品を鑑賞する人の心に感動という形で作用します。たとえば一〇のエネルギーを注いだ小説は、読者の心に一〇のエネルギーとなって甦るということです。

ところが、古今の偉大な芸術作品にはその法則が当てはまらないのです。その作品に感動する人のエネルギーの総和は、クリエイターのエネルギーをはるかに超えるどころか、何百年経っても、いささかも衰えないのです。一冊の本や一冊のスコアの中に、そのエネルギーが閉じ込められ、まったく減衰することなく、読む者、聴く者の心を震わせる――これはいったいどういうことでしょうか。

これこそ人類が「時間」をねじ伏せた証《あかし》ではないかと私は思っています。有限である「時間」の中で生きている人類が、様々な道具やテクノロジーを駆使して、絵や文学や音楽や映画というものに、「時間」を閉じ込めることを可能にしたばかりか、そこに無限のエネルギーを吹き込むことにも成功したのです。

私はギリシャ神話を読む時、あるいはバッハを聴く時、その作品の素晴らしさに感動するとともに、人類の偉大さに心が震えます。

成功を望むなら「今やるべき」ことを今やる

卑弥呼の時代から「未来」は一番の関心事

「新・相対性理論」も、いよいよこれで終わりです。最後は「未来」について語りましょう。

私たちにとって「時間」は、「過去・現在・未来」の三つに分かれます。言うまでもないことですが、「過去」は既に起こったこと、「現在」は今起きていること、「未来」は今後起きることです。この先、自分の人生で何が待ち受けているかは、人間の一番の関心事のひとつです。多くの金を手に入れることができるのか、愛する異性の心を摑《つか》むことができるのか、出世するのか、人気者になれるのか――。

人類は昔から「未来」を知りたいという強い願いを持っていました。その証拠に世界中で「占い」の道具が発達しました。古代社会においてはシャーマン（祈禱師や巫女など）の権力は絶大でしたが、その理由は彼らには「未来」を見る能力があると思われていたからです。「邪馬台国《やまたいこく》」の女王卑弥呼《ひみこ》もシャーマンだったと言われています。『魏志倭人伝《ぎしわじんでん》』によると、彼女は焼いた骨の割れ方で未来を占ったとあります。

これらを古代人の迷信と笑ってはいけません。なぜなら現代でも「占い」は人々の生活にしっかりと根付いているからです。人気の占い師の店は若い女性客が引きも切らないし、女性週刊誌には必ずというくらい「占い」のコーナーがあります。テレビでも占い師の需要は常に一定数あります。「女性は占いが好きだからなあ」と笑っている殿方にしても同様です。スポーツ新聞で競馬の予想記事を毎週チェックしたり、経済雑誌で有望株の予想記事を必死で読んでいたりする男性はいくらでもいます。そうした記事を書いている人は、競馬評論家とか経済評論家と名乗ってはいますが、乱暴に言ってしまえば「占い師」と同じです。つまり現代でも多くの男女が、「未来」を知りたいという強い願望を持っているのです。

「未来の人生」は予測可能

ところで、私たちはぼんやりと「未来の人生はわからない」と思っていますが、それは大きな勘違いです。「未来の人生」は実は十分に予測可能なのです。その気になれば、ほぼ百%に近い形でわかります。

その理由を説明する前に、少し物理学の話をしましょう。物理学は視点を変えると、「未来予想学」とも言えます。ある物体の未来を予想する学問だからです。古代の人は天上の太陽を見て、未来の位置を予測し、それに合わせて農作物の種を播《ま》きました。また木と木を擦《こす》り合わせると摩擦で熱が生じるということを発見しました。そしてそれを続ければ火が熾《おこ》ると予測したのです。私たちが高校の物理で学ぶ天体の法則、重力の法則、電磁気の法則などはすべて、ある物体にどんな力を加えたら、○秒後（あるいは○時間後、○日後）には、それらはどの位置にいるか、あるいはどんな形になっているかを予測するものです。つまり物理学では、現在の条件と、そこに加わる力さえわかれば、未来は正確に予測できるわけです（ただし極小の世界では予測は不確実ではありますが）。

実はこれは私たちの人生にも応用できることなのです。十八歳の受験生がいるとしましょう。彼の学力はかなり下、加えて勉強は嫌いで、記憶力は特に優れた方ではない、というのが現在の「条件」としましょう。さて、そんな彼に受験勉強をまったくしないで遊び呆《ほう》けるという「力」を加えると、一年後の未来はかなり正確に予測できます。

今のは極端な例ですが、私たちの周囲を見渡しても、身近な人の一年後、あるいは三年後、あるいは十年後をかなり正確に予測できるとは思いませんか。たとえば会社の出世頭、有望株は見ているとだいたいわかります。逆に将来は窓際《まどぎわ》コースだなという人も予測がつきます。喧嘩《けんか》ばかりしている夫婦といつもにこやかな夫婦を見れば、十年後の二人の様子もほぼ予測できます。健康状態も同様で、将来の身体の調子は現在の食生活と生活習慣でかなり正確に予測できます（最近はそこに遺伝子情報を加えることもできます）。

そう、私たちの「未来」は物理学同様、「現在の条件と、それに加わっている力」を見れば、ほぼ予測ができるのです。つまり「未来の人生」は現時点で決まっていると言えます。それを変えるためには、今とは別の「力」を加える必要があります。

もちろん人間社会には不確実要素がいろいろあります。不慮の事故、会社の倒産、重篤《じゅうとく》な病の罹患《りかん》、家族の死などは予測不可能な事態です。各種の保険はそのためにあります。もちろん、嫌なことばかりでもありません。「玉の輿《こし》」に乗ったり、宝くじの高額当選などという幸運もあります。しかし、これらは通常、計算も予想もできないもので、普通の人生を送っている限り、それらを想定できるものではありません。

人生の成功の秘訣

ここで「成功」ということについて考えてみましょう。人生の成功は金や地位だけではありませんが、社会的に「成功者」と言われている人には共通点があります。それは「時間を無駄にしない」生き方をしているということです。これは別の言い方をすると、「やることの優先順位を間違えない」ということです。

「今やるべきことを、今やる」

人生の成功の秘訣《ひけつ》は、実はこんな簡単なことの繰り返しなのです。しかしこれは恐ろしく難しいことです。「今これをやらなければならない」と頭でわかっていても、それができない自分にうんざりしたことがない人はいないでしょう。もちろんかくいう私もその一人です。

英国の歴史学者・政治学者シリル・ノースコート・パーキンソンは示唆《しさ》に富むいくつもの興味深い人生の法則を発見していますが（『パーキンソンの法則：進歩の追求』）、私が若い時に思わず膝を打った一つに、「仕事の量は、完成のために与えられた時間いっぱいに膨張する」というものがあります。

これはたとえば、その仕事をするのに五日の猶予《ゆうよ》が与えられれば、その仕事を終えるのはきっちりと五日後になるということです。たとえそれが三日で終えることができる仕事であってもです。もし締め切りが七日後なら、その仕事を終えるのも七日後になるでしょう。私たちが小学生の頃、夏休みの宿題が出されましたが、それを終えるのはたいてい夏休みの最後の日です。頑張れば、七月中に終えることができても、そんなことをする子は滅多にいません。もちろん私もそうでした。

なぜ、仕事は与えられた時間いっぱいに膨らむのでしょう。これは私たちが時間を支配していなくて、時間に支配されているからなのです。基準となっているのが、自分の能力ではなく時間だからです。そしてその時間は、実は第三者が設定したものなのです。皮肉な言い方をすれば、私たちは誰かが決めた時間に合わせて生きているということなのです。

しかし、偉大な業績を残す人物たちはそんな時間には縛られません。彼らは与えられた時間などは無視して、自らの能力をいっぱいに使って仕事に取り組みます。彼らにとって「与えられた時間」とは、ずばり「人生の時間＝寿命」です。

私が人生の残り時間の少なさに気付いたのは、五十歳になる直前でした。翌年、小説家としてデビューしてからは、時間を惜しんで仕事をするようになりましたが、無駄に過ごした半世紀という時間を取り返すことはできません。しかし悔やんでも仕方ありません。これが私の人生であり、所詮《しょせん》はその程度の人間であったということです。

この本を書くにあたり、過去の偉人たちが「有限である時間」をどのように見ていたかを調べました。すると「時間の浪費」を戒める先人たちが実に多いことに気付きました。

「時間の浪費ほど大きな害はない」（ミケランジェロ）
「賢い人間は時間を無駄にすることに最もいらつく」（ダンテ）
「成功者のほとんどは他人が時間を浪費している間に先へ進む。私はこれを見てきた」（フォード）

偉人たちの名言集にはこうした言葉がどんどん出てきて、読んでいくと、時間を無駄にして生きてきた私自身の心にぐさぐさと突き刺さって苦笑するばかりでした。最後に最も恐ろしい言葉で、この本を締めくくりましょう。これはナポレオン・ボナパルトの言葉です。

「お前がいつの日か出会う禍《わざわい》は、お前がおろそかにしたある時間の報いである」

この作品は二〇二一年一月新潮社より刊行された。

百田尚樹著　**フォルトゥナの瞳**

「他人の死の運命」が視える力を手に入れた男は、愛する女性を守れるのか——。生死を賭けた衝撃のラストに涙する、愛と運命の物語。

百田尚樹著　**カエルの楽園**

その国は、楽園のはずだった——。平和を守るため、争う力を放棄したカエルたちの運命は。国家の意味を問う、日本人のための寓話。

百田尚樹著　**カエルの楽園２０２０**

「新しい病気」がカエルの国を襲う。迷走する政治やメディアの愚かさを暴き、コロナ禍の日本に3つの結末を問う、警告と希望の書。

百田尚樹著　**夏の騎士**

あの夏、ぼくは勇気を手に入れた——。騎士団を結成した六年生三人のひと夏の冒険と小さな恋。永遠に色あせない最高の少年小説。

井上靖著　**猟銃・闘牛**　芥川賞受賞

ひとりの男の十三年間にわたる不倫の恋を、妻・愛人・愛人の娘の三通の手紙によって浮彫りにした「猟銃」、芥川賞の「闘牛」等、3編。

井上靖著　**敦（とんこう）煌**　毎日芸術賞受賞

無数の宝典をその砂中に秘した辺境の要衝の町敦煌——西域に惹かれた一人の若者のあとを追いながら、中国の秘史を綴る歴史大作。

吉村昭著
戦艦武蔵
菊池寛賞受賞

帝国海軍の夢と野望を賭けた不沈の巨艦「武蔵」――その極秘の建造から壮絶な終焉まで、壮大なドラマの全貌を描いた記録文学の力作。

吉村昭著
高熱隧道

トンネル貫通の情熱に憑かれた男たちの執念と、予測もつかぬ大自然の猛威との対決――綿密な取材と調査による黒三ダム建設秘史。

吉村昭著
零式戦闘機

空の作戦に革命をもたらした〝ゼロ戦〟――その秘密裡の完成、輝かしい武勲、敗亡の運命を、空の男たちの奮闘と哀歓のうちに描く。

吉村昭著
破船

嵐の夜、浜で火を焚いて沖行く船をおびき寄せ、坐礁した船から積荷を奪う――サバイバルのための苛酷な風習が招いた海辺の悲劇！

吉村昭著
羆（ひぐま）

愛する若妻を殺した羆を追って雪山深く分けいる中年猟師の執念と矜持――表題作のほか「蘭鋳」「軍鶏」「鳩」等、動物小説5編。

吉村昭著
雪の花

江戸末期、天然痘の大流行をおさえるべく、異国から伝わったばかりの種痘を広めようと苦闘した福井の町医・笠原良策の感動の生涯。

成《せい》功《こう》は時《じ》間《かん》が10割《わり》

新潮文庫　ひ－39－5

令和四年六月一日発行

著者　百《ひゃく》田《た》尚《なお》樹《き》

発行者　佐藤隆信

発行所　株式会社　新潮社

郵便番号　一六二―八七一一
東京都新宿区矢来町七一
電話　編集部(〇三)三二六六―五四四〇
　　　読者係(〇三)三二六六―五一一一
https://www.shinchosha.co.jp

価格はカバーに表示してあります。

乱丁・落丁本は、ご面倒ですが小社読者係宛ご送付ください。送料小社負担にてお取替えいたします。

印刷・錦明印刷株式会社　製本・錦明印刷株式会社

ISBN978-4-10-120195-5 C0195